半旧时光

喜欢现在的自己　怀念过去的记忆

张莹　著

中国出版集团　现代出版社

图书在版编目（CIP）数据

半旧时光 / 张莹著. -- 北京 : 现代出版社,
2017.4

ISBN 978-7-5143-5958-9

Ⅰ. ①半… Ⅱ. ①张… Ⅲ. ①散文集 - 中国 - 当代
Ⅳ. ①I267

中国版本图书馆CIP数据核字（2017）第057106号

著　　者　张　莹
责任编辑　杨学庆
出版发行　现代出版社
通讯地址　北京市安定门外安华里504号
邮政编码　100011
电　　话　010-64267325 64245264（传真）
网　　址　www.1980xd.com
电子邮箱　xiandai@cnpitc.com.cn
印　　刷　三河市金泰源印务有限公司
开　　本　880mm × 1230mm 1/32
印　　张　7
版次印次　2017年9月第1版　2017年9月第1次印刷
标准书号　ISBN 978-7-5143-5958-9
定　　价　36.00元

序　言

过去，现在，一并深爱

一个人的时候，内心忽而会是万千端倪，有很多的莲花，穿过岁月，款款走来，那么远，又那么近，仿佛没了年代。

它的名字应该叫怀旧吧。

那时候，妈妈很年轻，穿着蓝色的六个扣子的上衣，戴着自己缝制的套袖，带我去地里。地里的草长得很高，躺在上面，颤悠悠的，散淡的青草味，像一尾鱼，畅快地游走在肌肤的每一个角角落落。抬头望天，那么高，那么远，那么蓝，静静的，却又轰鸣着，后来，知道了一个词，叫天籁。妈妈去侍奉她的高粱玉米，我便撒着欢地在地里玩耍。

上学了，每天都要穿过小村的土路，还有那个清清的池塘。路边断断续续有柳树，垂下来，很柔软的样子，喜欢看它们，绿得清亮，绿得可爱。也会调皮地捡起几个石子土块，偷偷地，像男孩子一样，使劲扔到池塘里，看水波一圈圈荡漾开来，满心欢喜着。当然，绝对是不能让别人看见的，生怕别人说：真是个疯丫头！

最喜欢的事情，是午睡后，妈妈拿着小木梳，站在院子的榆树下，一下下梳我乌黑的发。一会儿，两条俏皮的小辫子便挂在头上了。整理一下妈妈做的格子小衫，回头冲妈妈笑着，说，上学去了啊！然后，心满意足地跑着去学校了。那时候的心思简单，就一心一意要考个好成绩。

期末，考了第三，和小伙伴们步行四十多分钟，到镇上的照相馆照张照片，算是妈妈给的奖励，高兴得自然是连累也顾不上了。两毛钱洗一张，二寸半，黑白色。如今看它，虽已泛着淡淡的黄，但那笑，那久远的衣，却透着如此的朴素与安静，是岁月再也无法企及，发自内心的那种简简单单干干净净。

慢慢长大了，心事浓密了起来，就像村头的柳树，日益蓬蓬勃勃起来。悄悄喜欢了邻村的男孩，所有的偶遇，也是以读书为掩护，借一本书，摘一段笔记，是最大胆的接触。如果，有机会坐了同桌，便是最好的约会。有那人在身旁，不使劲学习是不行的，让人小瞧了可是不行的。

那种坚定，是村头地里的小花，任凭风吹雨打，也要独自开放，小，也要吐露芬芳，清丽丽的，蔓延在故乡的每一个角落。

故乡有灵，它总会把最美妙的东西加在苦心修炼的人身上。小小的人，在这片土地里酝酿啊酝酿，慢慢地历练成一颗珍珠，散发着灼灼光华。

少年的素美。

时光浮动，光阴流影，如今，摸爬滚打的日子，风一样过。时间怎么那么快？那时候，眨眼就搁浅了记忆？

所有的锋芒凛冽里，再看不到夕阳，看不到草香，看不到奖励的清美，也看不到，梳着小辫想心动男孩的小女生……

遥望那时候，不过是素净的日子，铺就一片繁茂的底子罢了，开了花，结了籽，是执着，是低调，是素朴，是安静，是温和，是笃定，是清香香的日子，在修行。

世事不可以超越，内心却可以抵达。

这寻常饱满的日子，悄悄放下那些浮躁与张扬吧，喝自己烧的水，吃自己烹的菜，穿自己得体的衣，慢慢地，慢慢地，很多的那时候，就成了这时候。

那时，我期待着远方；这时，我回望着过往。

过去，现在，一并深爱。

目录

第一章　山河故人

第二章　光阴知味

第一章　山河故人

怀旧，是旧的物，旧的人，在时光里与古意对话，是草木情深，是你侬我侬，是内心的滚滚风景，在生活里相依相随。那些温暖与明亮，没人可以阻挡，偏是空山亦有爱，光阴因此生动而立体。

旧时美人

小雪飘着，河岸两侧的树，挂满了一朵朵的白花。天空是灰白色的，但一切并不显得暗。没有风，静悄悄的。

俊茹爬到窗台往外看，院子里有淡淡的一层白，地面看上去并不滑。她笑了，这样的路，不耽误演出唱歌。

收拾好书包，穿上妈妈做的蓝色印花棉袄，准备出发。

门口等着她的，是我这个小跟屁虫，我就喜欢看她甜甜的样子。甘心情愿等着她，一起上学去。

小路上，有了三三两两的脚印，却不见人。

“一条大河波浪宽，风吹稻花香两岸……”俊茹有节奏地甩着胳膊，边走，边抬头看看雪花，清冽冽地唱起来。

我跟在她身后，也甩着胳膊，歪着头，听着歌。

此时的温度，很低，但因为有了这样一阵奇妙的歌声，萧条的冬季，似乎都有了光芒。

雪花落到俊茹长长的辫子上，倏地消失，成一点点淡淡的水迹，反而使得那发辫，愈加地乌黑发亮了。

学校里，早是一片欢腾，哪怕是小雪，也抵挡不住大家对元旦到来的热情。

日子一直平淡无奇着，似乎只有到这一天，积攒了一年的期待，才会轰然爆发。那个叫作“庆元旦”的集体活动，会点燃每一个人的细胞。

虽然，这样的热闹会刹那散去，但俊茹的名字，却会让校园，乃至整个乡镇，都为之欢喜。

渐渐地，小雪停了，操场上，搬着凳子的师生，都有秩序地坐着。

笑话，快板，故事……大家自编自演，没有配乐，没有舞台，没有背景，就这么素朴地演着，欢喜着。

看的人，渐渐多起来，村里的人，老的，少的，互相招呼着也来了。

慢慢地，人群中，议论着：咦，那个唱歌的姑娘呢？不会已经唱过了吧……

当报幕员大声地说：请听歌曲《我的祖国》，演唱者：俊茹。

好啊……人群沸腾了起来，刚刚有秩序的操场，一下子如花般，骤然绽放。

有人叫：别挤了，站不住了，站不住了……

“一条大河波浪宽……”这样的涌动，在一声清脆的歌声里，立刻安静了下来。

俊茹站在大家面前，挺拔着秀丽的身姿，一板一眼地唱着。

那时的贫乏，哪里有音乐的伴奏，她凭着自己的一副嗓子，一股认真，竟唱得是雪也欢愉，人也陶醉。

没有声音，只有安静，这样的天寒地冻，却是每个人的春暖花开。

歌声落下，掌声四起……

不知从什么时候开始，俊茹突然就发现自己唱歌每个人都喜欢，教她的语文老师也惊叹，俊茹啊，好好唱，有前途。

那个元旦之后，乡里推荐她去县里参加元旦汇演。

她忐忑着，找到我，蜷缩在热乎乎地炕头，眼巴巴看着我，问：能行吗？

嗯！好好唱，我觉得没问题……我使劲点点头。

俊茹自小就是那个招人喜爱的可人，大人们常笑嘻嘻地说，莫不是从画上走下来的吧？

我仰头看着她说：行的，你看，多少人爱听你唱啊……

俊茹听了，红了脸，像一朵红玫瑰，在我当时的年纪，能想到的最美的花，也就是玫瑰了。

几日之后，校长找了一辆拖拉机，载着俊茹去县里了。

回来的俊茹，有点小小的兴奋，也有点小小的失落。县城那么大，自己不懂的那么多。

她说，县里的舞台可真好啊，高高的砖砌台面，红红的地毯，金丝绒的大幕。站在舞台一侧，感觉有点晕了。

她看着舞台后“嗯，啊，咦……”正在练声的男男女女，不知道怎么回事，怯怯地看了看那个县里调琴的老师。

老师忽然发现了她，一怔：这么漂亮的姑娘，怎么不练啊？

练什么？俊茹更是一脸的迷茫。

练声啊！那老师笑一笑，接着忙他的事。

俊茹退到一边，什么是练声？

汇演开始了，每一个人都花枝招展着，唯独俊茹，上台的时候，还是妈妈做的蓝花花棉袄。

俊茹站到舞台中央，不敢看台下密密麻麻的人，她抬头看远方的屋顶。她只知道，她要唱：一条大河波浪宽……

清晨，小村里袅袅炊烟，一片安寂。一阵汽车的轰鸣，响彻了每个角落。

小村里，极少见的小吉普车，缓缓地停在了俊茹家门口。

校长领着汽车里的人，见俊茹的母亲。来的人，笑容满面地说：俊茹是个好苗子啊，天然去雕饰，清水出芙蓉，没有任何培训，就这么有灵气，将来发展肯定非常好，让孩子去县里参加剧团吧……

校长也说：咱这里条件差，给孩子提供一个好的条件吧！

俊茹的妈妈听了，大惊失色：是让我的女儿去县里给人家卖唱吗？使不得，使不得……

来的人，一遍遍解释，不是的，不是的……

太阳，慢吞吞地爬到了头顶。村里的孩子，围着小吉普车几乎转晕了头……

终于，校长和那个男子，低着头出门，上车，离去。

俊茹依旧早起，依旧穿上蓝花花棉袄去上学。可是，妈妈却不再让她唱歌了。去了一趟县城，来了一位老师，乡里乡亲，竟然也开始在俊茹的背后指指点点了。她，不过是唱歌好听，喜欢唱歌罢了！

“怎么可以不唱歌呢？我喜欢啊！校长说了，等我初中毕业，就可以去县里唱了呀！”俊茹几乎要哭了。

“说不行，就不行。”妈妈说得干脆利落，没有任何商量的余地。

俊茹到底还是哭了，哭得浸透了我递给她的花手绢。而我，只能可怜巴巴地看着她，陪着她哭，我也没有办法啊。

哭过之后，俊茹勉强一笑，那我就等吧，等到毕业……

可是，俊茹哪里知道，为了应付校长，她的妈妈才答应说，等毕女儿毕业就让她去县里唱。然而，他们谁也想不到的是，俊茹妈妈下定决心，等她一毕业就把她嫁了。

春天，说来，就来了。

我们都脱掉了厚厚的棉袄，在河边，树下，看着渐渐绿起来的树，草，愈加地欢快起来。俊茹当然还在唱。

唱着，唱着，夏天就来，毕业的日子就来了。

毕业典礼上，俊茹的歌声，仿佛麦香一样，鼓舞着每个人的心。

忙里偷闲的农人们，断断续续来到俊茹家。说一个东家的男娃，道一个西家的小伙……

俊茹睁着一双大大的眼睛，迷茫地看着这些曾经和蔼的乡里乡亲，忽然就没了色彩。

她拉着我的手，悄悄问：你说，从这里到县城有多远？要走多久？

我摇摇头，我真的不知道。我想，她是不是要去县里唱歌了呀？

麦收之后，俊茹从小镇上消失了。

我疯狂地去我们去过的每一个地方找她，田间，地头，河边，校园后……但到底，还是没有。

我问妈妈，俊茹会去哪里呢？妈妈叹口气，摇摇头，没说话。

而此时，听得见的，只有俊茹妈妈，一阵阵痛彻心扉的哭声。

没有人知道俊茹去了哪里，没有人知道俊茹的歌声是不是还依旧。

我离开家乡，读书，工作，渐行渐远。而俊茹的麻花辫，蓝棉袄，还有“一条大河波浪宽……”却不时出现在记忆里，想来一阵阵心疼。

她，那么美，会在哪里呢？

多年以后，回乡。乡里的学校有了音乐老师，有了脚踏琴，还有了认识音乐简谱的学生……人们总会偶尔还会说起那个会唱歌的，秀气的，梳着长辫子的俊茹。

还听说有人曾在县城看见过与她相似的女子，神情不太正常，拿了话筒，在县城礼堂的舞台下，一直唱……

听着，听着，我忽然落下泪来。

肯定不是她！一定不能是她！

她定是去了远方，遇到了很好的人和很好的事，过得很幸福。

光阴慢慢过，记忆，很容易就落成一把枯骨，然后，悄悄地，如鞭炮般，碎屑一地。只有那朵羞涩的红玫瑰，会印在心的深处，美丽依旧，它会一直好好的……

二叔

当年的二叔，如若是在现在，依旧是典型的帅哥，高挑，细长眼，弯月眉，坚挺的鼻梁。身材清瘦，但又有点肌肉，既英气又秀气，绝对有安全感，绝对属于梦中情人。

他喜欢吸烟，两个手指头已经有了微微的黄色。我不喜欢。但是，我却喜欢他那指头下淌出的帅气的字，经常在他屋子的土炕上，散放着几张皱巴巴的纸，纸上是他写的一些句子，直到现在我也不知道，那些句子，是他自己写的，还是他从哪里摘抄下来的。

你走，风也狂，雨，也狂，我的心，淡淡如初。

人生，是高加林的土地，也是我的土地。

昂起的是，我尊贵的心脏。低下的，是我草灰的头颅……

二叔是本家老爷爷的二儿子，高中没上完，就回家种地了，头发总是卷卷的，蒙着一层土，“草灰的头颅”大概就是指这个吧。

我还喜欢二叔夹着烟卷，眯着细细的眼睛说：“行，我看小英行！”

大多的时候，二叔说这句话时，我肯定是在认真地写着作业。

那天期中考试后，不知怎的，成绩糟糕得一塌糊涂，我直想哭。

二叔进来，看到我趴在桌上，又是点点头，笑眯眯地说了这样一句话。我忽然抬头，问：二叔，我行吗?

行啊，怎么不行？我看你肯定行！二叔斩钉截铁的语气，坚定的眼神，让心一下子沸腾起来，所有的丧失的自信，在他这里一下子全部复苏。

那时候，特别盼着下雨，因为这样的天气里，他就不用下地了，就可以来我家串门，就可以给我讲那些好玩的事情了。

我不知道，他为什么可以知道的那么多。

很明显地，他和其他人不一样。别人趁着下雨天，聊天谈地，喝酒打牌，捎带着骂娘聊骚，他不，他看书，他看那些我从未见过的书，还看我的教科书，甚至是我的作业本。

看的时候，他总是一脸的满足，说："知道吗？县城里的图书馆可大呢，那些书咱都没看见过。你好好上吧，总有一天，你可以看到。对了，等你去，别忘了给我买上一些回来。"

我听得呆呆的，那是我从不知道的世界，他看我痴迷的呆相，哈哈一笑，很满足，很惬意的样子。

二叔日出而作，日落而息，除了爱看书，似乎没有别的嗜好。转眼，老爷爷便张罗着给二叔说媳妇。

断断续续听到的，都是二叔相亲不成功，被老爷爷一顿臭骂为结局。

这时候，我已在县城读高三，也看到了二叔口中的书店。每每回家，也会给二叔带一本书。二叔高兴得合不拢嘴，眼睛更是眯成一条细细地缝。

二叔依旧会和我聊聊他读的书，他偷偷告诉我，他在看《第二次握手》，是手抄本。他那样的幸福，他说，闺女，你长大了，知道爱情了，爱就要爱得干净，利落，上进。

二叔说的时候，少有的羞涩，微黑的脸上，泛起的红晕。

我点点头，突然觉得鼻子一酸，他的心思，周围没几个人能懂吧？他的思想，周围也没几个人能理解吧？他应该很寂寞吧。

不久后，二叔结婚了。

他的选择，让周围的人都惊呆了，那姑娘的个子仅仅一米五，罗圈腿，爱笑，身子胖胖的，看上去就像一个笑嘻嘻的不倒翁。

所有的人都不理解，老爷爷一直摇头叹气，但也只能由他去了。

可是，我知道，我明白。

二婶是高中肄业，也和二叔一样，因为家庭经济条件不好，放弃了高考。在那个年代，他们都算是知识分子，所以他们肯定有着共同的思想，共同的爱好，共同的气息……

离开二叔好多年，但总会在某个时刻，想起二叔那双纯净的小眼睛，笑眯眯的，陶醉地说着他读的那些书，那份坦荡，自足，悄无声息地温暖了我那颗疲惫的心。

当我领着男友回家的时候，二叔是第一个来我家的，招呼着要和我的他喝个酩酊大醉。果真，他喝了好多酒，说了好多不曾对我说过的话：小英是个好孩子，上大学了，圆了我的梦了。你好好对她……

那天，是我第一次看见二叔喝酒，而且是酩酊大醉。

2015年年底，我惊闻二叔肺癌，已经扩散了。

那么善良的一个人，因为生活的重担，吸了多半辈子烟。他曾笑着说，知道自己寿命不会长，最多四十几岁的样子，如果能活到六十，就是因为他疼爱自己的兄弟多活十年，精心收养了一个养女多活十年，最多六十岁……而今，一语成谶，过了这个年，他才五十九岁。

奔到医院，看到瘦骨嶙峋的二叔，脱了许多的头发，蜡黄的脸，无力的张嘴却只有微弱的声音……他使劲冲我一笑。我想抱抱他，可挂着吊瓶，可他高大的身躯那么弱……我按按他的胳膊，没有了弹性，软软的塌下去，塌在床上。

走出病房，出了楼道，我再忍不住，泪奔，继而哭到无力说话。

故乡，于我而言，又减少许多的魅力，许多的留恋，许多的牵挂……

他想看我的书，可是，我不能再拿给他，他看不了了。而写他的文，他也看不到了，这成了我一辈子的遗憾。

二叔，听到没有，到了天堂，不能再吸烟了，天堂有书看……

世间，总是有些人，一意孤行着，绵延着自己少年的梦。这样的前行，必定有着这样的坎坷，那样的牵绊，但眼里却是刚好的温度，是热情，是活力。当一切翩翩而去，留下的只是遗憾。

那一年，我遇见你

那一年。秋天。某个午后。教室。考试。

他早早地交了试卷，跑出去，和同学们在教室门口议论着答案。

她坐在课桌前的椅子上，低着头，一遍遍地验算着答案。她实在是拿不准，这个复杂的数字，是不是正确。

“老师，我忘东西在课桌里了，拿一下，好吗？”他站在教室门口，那么虔诚地对老师说。

老师犹豫了一下，点头同意了。

他跑过来，蹲在课桌前，在书桌里翻来翻去，似乎很急的要找什么东西。

“别改了，那个答案是对的。”他无意地用胳膊肘碰了一下她，低低地说。

她的小心脏，扑棱棱乱跳了起来，感觉到自己的脸发烫到不行，头使劲地低下去。生怕有谁听见似的。

可是，什么都没有，他拿了一本书，飞一样地跑了出去。一切都还是平静的样子。

教室里，静悄悄的。没有交卷的学生，都在低头验算着。

她悄悄抬头，看窗外，高大的榆树叶子墨绿墨绿的，是接近深秋时候，那种苍老的绿。她看着，却是欣喜的。

其实，不过是一个小小的结业考试，而且，还是最后一场考试，交了卷，他们就可以疯狂了。

尽管老师也说，没问题的同学可以早点交卷啊。她依然还是要坚持到最后。

她想考第一。

她一遍又一遍地检查每个答案，心里却一遍又一遍地想，他是故意来教室拿东西的吧。

他那轻轻的无意的一碰，是他俩作为同桌以来的第一次接触。平日下课，出来进去，他们都是保持着距离的，坐在里面的那一个，只要站起来，坐在外面的一个也立刻站起来，躲到一边，等里面的离开了，再坐下。

他那低低地一句“别改了”，也是他们作为同桌以来的第一次对话。平日里，都是不说话的。

考试结果，她的成绩果然是全班第一。他说不用改的那个答案，她没改。

他看她一眼，笑。那一刻，她也正好看他。她的脸，一下子红了。

他总爱对她笑，一笑，她就知道他要出去，自己该起来给他让位子了；一笑，她就知道他有困难了；一笑，她就知道他有好书要放到她的书桌了……她什么都知道，可是，他们不说话。

他笑的时候，她的头总是很低，宛若莲花般的娇羞。

初秋的傍晚，明亮，光泽，悠远，温暖。很多的同学，都在晚自习之前出去了。享受着这紧张之余的片刻美丽。他不走，他趴在桌子上不知道忙什么。

她看他一眼，他亦是不抬头。

等她回来的时候，已经是快要自习的时间了，他却不见了。

她四处张望一下，依然不见，便低了头，拿出书，做她自己的事情。

三角信？

一张纸，叠成一个带着花边的三角，躺在她的课本上。

她忽然感觉到了什么，拿一本书，倏地盖在上面。

足足有几分钟，她确信，没有人注意到她，她才打开那个三角信。

信，是他写的。他说，怕看到信的时候，她会不好意思，所以，今天的晚自习，他和老师请假去宿舍了。

看到这里，她又把信盖上了，但她盖不住加速的心。

她忍不住，接着看，他说，他喜欢她，喜欢看她低头的样子，喜欢看她写字的样子，喜欢看她和同学在一起哈哈大笑的样子，他说，他想和她说说话……

她确定，已经不知道如何安放自己了。折叠了信，放到衣兜里，低着头看书。哪里看得下书，那书，怎么一下子旋转起来了呢？一片的黑白水墨画。

终于挨到下课了，飞一样奔回宿舍。第二天，怎么上课？

天到底还是亮了，课，到底还得上。

坐到座位上，谁也不说话。都低着头。笑，竟然也不见了。

下课了，他不动。她也不走。

教室里很快就安静了下来，空气要凝固了。

她站起来，说：去吃饭吧！

然后，逃跑般地走掉了。

她看每一本书，都紧张兮兮小心翼翼的，因为，不知道哪本书里，会忽然出现一封小小的三角信。

日子缓缓地过着，他慢慢地又笑起来。

而这一个个的三角信，慢慢地滋养了她的心，一点点繁茂起来，像老家屋后的槐树，慢慢地开出一树花，洁白，清香。

那天，课已经上了很久了，他还没有来。她翻遍了所有的课本，也没有三角信。

她侧耳听他好朋友和同学们的谈话，但谈话里没有他。他怎么了？

心，开始慌张起来，不知道该干什么，马上就要毕业了，他怎么会这样放纵自己呢？慌张，担心，生气……

她去向老师请假，她说，老家的来亲戚看她了，她去接一下，只要两节课就好。

她奔出学校，跑到对面的路边，招手过路的拖拉机，她要搭车，去那个叫金庄的地方。她从没有去过那个地方，但是，她知道，他是那个村的。

当然，她也不知道，两节课能不能回来。

终于拦到一辆从镇上来的拖拉机，司机问她去哪里。她说去金庄。

司机人很好，让她上了车。她坐在拖拉机的后车厢里，上下颠簸着，心里翻江倒海一样。她忍着，不让自己吐出来。

她一边强按着自己的喉咙，一边想，到了村里，她该怎么说？找谁呢？就说找他吗？她一个女孩子，要找一个男孩子，人家不会笑话吗？

想到这里，她的心里有点胆怯了。

可是，他为什么没来学校呢？怎么没有人知道他的消息呢？

“到了！”司机停下车，告诉她，“这就是金庄，去吧。”

她连声道谢，下了车，抱着路边大树，哇哇地吐起来。

有路过的乡亲大嫂，看见了，问："怎么了，丫头，没事吧？脸色这么难看？"

她笑笑说，"没事。"

"麻烦您问一下，某某在哪里住呀？"看样子，一定是村里的人，她赶紧问。

大嫂看她笑，说："看你面生呢，外村的吧？"

嗯。她点点头。心里害羞得要死了，好像做错了什么事情似的。

她顺着大嫂指点的方向，走到了他的家。

他正在家门口和一个年长的人收拾着东西往拖拉机里放。见了她，他大大吃了一惊，问：你怎么来的呀？

她看着他，只一句：你没事吧？

后来，她才知道，那个年长的是他大哥。他之所以没有去上学，是因为爸爸生病了，他从镇上给爸爸买了药送回来。

她去的时候，他大哥正要送他回学校呢。

坐着他大哥的拖拉机，他们回学校了，一路上，谁也没有说话。

转眼毕业的日子就到了，她和他收拾好书包，彼此对立着。

他递给她一封三角信。

她递给他一块小手绢，四四方方，白白净净，绣一朵梅花，还有她姓名的缩写字母。那是她自己绣的。

三角信上写的是：到大学里，等你的信。

那一年，遇见你。

那一年，遇见爱情。

那一年的爱情，就一句话：你没事吧？

他叔的水井

初秋的天，开始有点凉的，我也一如既往地开始贪恋被窝了。

使劲睁睁蒙胧的睡眼，我迷迷糊糊地叫一声：妈。

哎……起来吧，不早了！妈妈答应着，招呼我起床，随之就听到一声长长的哗啦的倒水声。我知道，是妈妈挑水第一趟回来了。第二趟挑水，我就要跟着妈妈去了。

妈妈早起，做了饭。拿起扁担，挑着两个水桶，去村子北边了。那里有一口水井，养活着全村的老小。

天黑没有亮，村里的人都断断续续地去排队了，你家我家的水桶相碰声，水桶钻进水井的咚咚声，还有人们相互打招呼的声音，热热闹闹地，小村开始了新的一天。

井水台，是用红砖砌成的，年久，没有了本来的颜色，露出淡淡的一层青苔。站在井边，要定力十足的，找一个合适的角度，将粗绳吊着的水桶，划一个弧度，倾斜着水桶便侧身钻入水里，晃一晃绳子，水桶立了起来，拉一拉绳子，满满一桶水，便被提了上来。

挑水的人，多是青壮年男人或者有气力的成年女人们，而这样的女人是少的。

爸爸不在家，挑水的任务自然落到妈妈肩头了。妈妈虽清秀温婉，但却从不耽误后边打水的人。她利落地放桶，晃桶，提桶，挂在扁担钩上。马步蹲下，竹扁担搭在肩头，站起，晃悠悠地挑着两只桶便跟着妈妈回家了。

每个清晨有这样三四个来回的，要将水缸灌满，足够全家人用一天的。

我好奇地看着那水桶，觉得是件很好玩的事情，而且对那个水井也充满了好奇。

一年四季，水都清凉着。任凭人们怎么打水，她就那么不满不浅，恰到好处地停留在那儿。

大雨的时候，想必定会有很多的雨珠落下去，可妈妈说不会的，不过几滴而已。当然不信，和小伙伴偷偷去，远远看。果然是呢，那大雨，似乎知道水井似的，不打扰静默的水井。

隆冬的时候，水井的水，也缓缓地荡漾着，不结冰，袅袅地有气体溢出。井台上人们打水时候落下的水，结成透明的冰，倒像给井台镶了银边。打水的人们，自然是要小心了，怕一不小心就滑倒了。

由于太过好奇，我开始央求妈妈带我去。之所以央求，是因为大人们从不允许小孩子们靠近那口水井。

耐不住我的软磨硬泡，爸爸回家休假的时候，给我做了一副小小的扁担和水桶，每天，当妈妈挑第二趟水的时候，我可以跟在妈妈身后去挑水了。

在去的时候，妈妈便先打上一些水，放进我的小桶里，我跟在妈妈的身后，一晃一晃地回家。

而在等待的时刻，我可以和亲爱的水井亲密接触了。

井口不大，望进去，清亮亮的水，明灭可见，能隐隐见到自己的影子，上下波动着。随之，一股透凉，也扑面而来。

我摸一摸井台上的方砖，像摸着奶奶的胳膊。有点凉，有点滑，有点润，还有点暖。

你，你起来，不许，不许……我吓了一跳，扭头看，是那个被全村人称作“他叔”的人，此刻，站到我旁边，怒目着我。

我不知怎么办好，看妈妈，要哭。

妈妈笑了，说：他叔，没事，让孩子看看，我就带她走，你放心吧！

怒目的叔叔晃晃头，嘴里说着什么，后退了几步，仍然死死盯着我。

妈妈打好水，招呼我起来，后边的叔叔大伯们，继续打。

说来奇怪，我站起来的时候，“他叔”缓和了许多，开始笑，看着来来往往的人。

我躲在妈妈身后，偷偷看他。他不打水，只看着人们笑。他穿着一件很旧的几乎发亮的衣服，头发蓬乱着。笑得憨态可掬，黝黑的脸，白白的牙。

“妈，他是谁啊，怎么这么凶？”回家的路上，我问妈妈。

“唉”，妈妈长叹一声，说，“可怜了他呢！”

多年前，“他叔”是个精神能干的小伙子。

那天，他去井边挑水，四岁的儿子颠颠地跟在身后。

他把水桶放到井里提水的时候，没注意到儿子也跟了上来，趴在井台上，扑通一声，掉了下去。

等孩子救上来的时候，已没了呼吸。“他叔”抱着儿子叫，一遍遍地叫，叫得村里树听得见，树叶哗哗响；叫得鸟听得见，鸟扑棱棱地飞；叫得人心碎，人们默默掉眼泪……

然后，他就坐到了井边，不让任何一个孩子靠近。他每天都在井边，谁也叫不走他……

“他叔”疯了，疯得这样让人心疼。

他成了水井的守护人，蹲在井边，不离不弃，一天天，一月月，一年年。

后来，村里人在井边盖了一间简易的小房子，给他住。大人们可怜他，也疼爱他，谁家做了饭，端给他，谁家做了衣，拿给他。

“你这个叔叔不光看井，还看你们这些孩子呢，他是个好人，你们得叫他叔……”久而久之，他，成了整个村里小孩子们的“叔叔”，也就是“他叔”。

我挑着小小的水桶，晃晃地走在回家的路上，那水井，愈加地神秘起来，是敬畏吧。

也许，因了这种敬畏，自此，不轻易去井边。

长大，读书，离开。家乡慢慢封存在记忆里，挑水的日子也一并封存了起来。

当然，也会在某个时候，想起水井。

多年后，回家去看。水井早已干涸，不知哪里来的砖头瓦块，几乎要填满井坑。井台上的红砖，也不再光滑，黄土夹杂着干枯腐烂的落叶，斑驳地覆盖着。旁边的小屋只能看出大致，“他叔”去了镇上的养老院。

我蹲下来，扒开泥土看看，看到一把把的清凉，一把把的温暖，还有一把把的沧桑。

听妈妈说，村里马上就要改造了，这水井，估计就此荒废了。

家里的自来水，哗哗地流着。忽然鼻子一酸，我这么想念，那个早起去挑水的清晨。

希望水井能一直在那里，希望他叔在养老院可以安享晚年，希望他叔儿子的灵魂可以安息。

莉莉安

我听说过《莉莉安》这首歌，但是并没有听过，直到碰到梁莉莉，才想起它。找来听，不懂，但是却喜欢里面的一句话：一个善良的女子，长发垂肩。

那么好。

碰到梁莉莉的时候，是在北京阜外医院住院部的护士站。

她很安静地站在一角，双脚并拢，很规矩地站着，本来就很好的身材，这一下更好看了。

她双手抱肩，垂肩的头发黑黑的落下来，遮着半个脸，周围来来往往的一切丝毫没有打扰到她的安静。

护士走过来，叫她，也叫到了我。她扭头看一下，笑，很温和的样子。

护士交代完事情，让我们继续等。

梁莉莉退回原来的位置，还是原来的样子，安静着。

“你好，你从哪儿来呀？”只有我俩是女性，在这地方，我不想就这么孤单下去。

“哦，长春，姐姐。”她笑了，很美。眼中带着安静。那种安静，是住院病人少有的安静，仿佛是穿过岁月光阴里的一抹老绿，沉淀着一抹斑驳。

她转过身来，开始和我低低地聊天。

她的声音软软的，糯糯的，有点南方女孩的味道。

她这是第二次来医院了。

第一次的时候，是在当地医院检查出严重的肺动脉高压，医生告诉她，只能药物维持了，而这药，太贵，每月就要将近万元。对于一个普通的工薪族家庭，压力真是不小。

她那么年轻，才二十九岁，自是不甘心。和丈夫偷偷来到这里，再次确诊。因为孩子小，不能停留时间太长，简单看了看就回家了。

说这些的时候，她笑了，嘴角上翘着，眼里闪着灵动的光，像是调皮的小孩，完成了一项隐秘的计划。

检查的结果差不多，也是吃药维持。她眼里的光，一下子就没了，还是那种沉寂。

这次来，也是和丈夫偷偷来的，想看看，有没有更好的治疗，孩子大一点了，可以离开了。和父母说来北京培训了，一切都很平静。

我听了，心里一紧，看她发白的坚定的清秀的脸。

因为住院是没有家属陪伴的，我们俩忽然有了相依相靠的感觉。护士还没有来叫我们，我们继续聊。

我问她：我怎么称呼你呢？

我叫梁莉莉，叫我莉莉吧！

莉莉。我叫她一声。

她看我一眼，害羞的样子，我一下子想到了老家浮阳大道两边的海棠，春天的海棠，粉红的，满天满地的，那样欢喜。

她接着说，她有哥哥妹妹，父母可以由他们来照顾。公婆也多亏了大姑姐照顾，自己在的日子，对老人们尽心无悔就好。她和丈夫说了，自己真要是哪天走了，一定找个好姑娘，好好过日子，要把和自己过的苦日子补回来。这两年，他是真受了罪。

说他们的时候，她的欢喜渐渐平静下来，换成一种义无反顾，甘心情愿。

可是，我的女儿太小了，我怎么对她呢？提到小女儿，莉莉的眼睛里一阵慌乱，所有的平静，所有的欢喜荡然无存，一股凄凉扑面而来。

她的眼里含了泪。

我伸手去摸她的胳膊，那么瘦，那么软。

继而，她抬头一笑：姐姐，没事，一切都会好的。

嗯，是的。会好的。我重重地点点头。

护士来叫我们，我们到了不同的病房。分手的时候，我们什么也没说，互相击掌，微微一笑。

再次见到她的时候，是在我手术后的第三天。当时，我在楼道里轻轻挪动着，活动僵硬的身体。她也正好走来。

她睡不着，自己走走。见我很好，很开心的样子，欣欣然的。

她给我说她的女儿，给我说自己回去的打算，还给我说了王羲之的《何如帖》……

她的心里，这样情趣盎然着。

医生叫她，她说：姐姐，能治的病都不叫病，好好活着啊，多好！

我冲她招手，她跟在医生后面，是更清瘦的身影。

直到出院，我没有再见到莉莉。

回家不久，收到莉莉加我微信的信息。她告诉我，她回家了，问我可好？

我说，好。然后发给她一张图片，是万年青。

她回信息说：我也好。吃中药呢，省钱。我整理了一家人的衣服，大大小小的，真好玩。大冬天的，竟然还看见一只蛾子，也应该叫蝴蝶吧，破茧成蝶的蝶……我还晒了被子，在太阳底下，有好闻的味道，阳光里，还能折射出好多的花儿……

我看着，看着，落下泪来。

日子一点点地过着，偶尔会想起莉莉，翻开她的微信，看看，却是一片安静。

我的内心有些不安。忽然一日，她发一个可爱女孩的图片，在春天的草地里，蓬蓬勃勃的样子。我心一阵狂喜，点一个赞。

立刻，莉莉回复：姐姐，我就要上班了，女儿也上幼儿园了，一切都好。

我长舒一口气，原来，她的静默不语，是在波涛汹涌中，酝酿一种力量，淡然捡拾起所有美丽的存在。

我自然还是担心她的身体，假装不经意地问。

她立刻回我：姐姐，我继续吃着中药，感觉挺好的，而且，老公把我照顾得很好。

虽然隔着千山万水，虽然隔着冰冷的屏幕，但是，我能感觉到她是满满地幸福。

姐姐，不用为我担心，我会好好的活下去，为他为孩子也为自己。莉莉发我这样一个微信，读着，笑着，眼里有雾迷蒙。

忽然想到身边的女子，每一个，都有着生活里的鸡零狗碎，但到底是慈悲，是坚定，把爱放到心里最深处，温暖日常里的一粥一饭，让幸福的微光，照耀亲爱的人。

这样的女子，内心是强大，说与不说都一样，都会在自己的航道上，遇到最好的人生。

又想起《莉莉安》里的那句：一个善良的女子，长发垂肩。

是的，我只想，莉莉，安。

春深故人归

喜子，是我中学时的同桌。

那年，他17岁。

清瘦高挑的身子，不管不顾地拔节长。

上学的午饭是在学校里吃的。带去的干粮，是母亲偷偷放了一点点白面，和着玉米面蒸成的。纯白面的馒头，只有爷爷奶奶能吃。即便如此，他亦是吃得津津有味，一脸的阳光灿烂。

放了学，推着笨重的“铁驴”车子回家。那种叫“铁驴”的车子，是简单得不能再简单的自行车，两个车轮，一个铁架，如此而已。如果遇到紧急情况，刹车只能用脚底拼命地按压车的前轮，要么，就飞快地跳下来，将车一歪，停住。

晴天，泥土路泛着清淡的光，一路顺畅。就怕雨天，土路变成了真正的泥泞，沼泽般。

那天雨后的土路，自行车成了“吸泥器”，寸步难行。他看看路边的柳，垂下的枝条，似乎要和地上青翠的草手拉手。他嘿嘿一笑，有了。

将自行车努力地推到柳树下，放倒，然后折下几枝茂盛的柳干，搭在自行车上，做个生动的“柳枝倒垂”图，大踏步走着回家了。

他的自行车，安静着，像整装待发的士兵。第二天，等着他来开启马达。

这样的胆大心细乐观，自是有他的乾坤。

他的衣裳，更是简陋，老大穿了，老二穿，老二穿了，老三穿，然后才是他，他是家里的老四，最小的那一个。衣服上常常有补丁，他亦不觉得难看，是有母亲的温度的。穿了它，呼啦啦地度着漫漫青春时光。

那时，村里的日子真的是太苦了。靠天吃饭，偌大的田野里硬是长不出动人的风景，他不甘心就这样，面朝黄土，背朝天，一下子就看到尽头的人生。

暗地里发誓，再也不要种地了，就要走出去，闯个天翻地也覆。

许是他太急了，中考前夕，县里来招录义务兵。他听了，热血沸腾，来不及参加毕业考试，毅然去了他喜欢的部队。

两年的摸爬滚打，让这个清瘦的男孩，一下子成了一米八三的魁梧男子。

而家乡，亦是原来的模样。

他下定决心，去了那个叫满洲里的地方。母亲当然心疼，千遮万拦，舍不得。他不语，抱抱老妈，一个人，不回头。

当时，有亲戚在煤厂，说可以拉煤，一天能挣将近四十块钱呢。他听了，自然心动。那时的四十块钱，简直太诱人了。一千块钱就可以盖三间漂亮的大瓦房。

而他却不知道那里的冬天有多冷，那里的春天有多无常。他只知道，遥远也好，寒冷也罢，就是不能靠天，不能靠地，只能靠自己。更重要的是，心里有希望。

每天早上，四点多就起床了，冰天雪地，走一步，滑一步。母亲做的棉袄棉裤，紧紧裹在身上，却抵挡不住风雪，它们还是见缝插针地灌进来。没有谁可以关照他，只能看着嘴里哈出的气，在瞬间成霜。这样的刹那，一个接一个，他便让自己疯狂地跑，跑起来，出了汗，就不冷了。

可是，等停下来，前胸后背似乎有了冰碴，扎得刺骨的疼。咧咧嘴，忍着。

多年过去，他的手依然时常干裂，仿佛那时烙下的印迹。关于抗争，关于奋斗，关于责任。关于时光里的乘风破浪。

一天天，周而复始，他不能和任何一个人说，自己的选择，只有坚持。

那是他一个人的凛冽时光。

整整一年，他仿佛在这个世界消失了一般。

回家后，母亲看他黑黝黝的面庞，干枯的手，搂过小儿，忽然号啕。

他坐在阳光里，说这些事的时候，在笑。听得人潸然泪下。

光阴里的每一步，都是修行，不问不自知，其实，早已是度过。他的青春，在刺痛寒冷里，岿然不动。

九十年代，农村创业，正处于一个初期蓬勃发展的阶段。他拿着赚回来的钱，投资做起了纸箱厂，做得坎坷，做得认真，做得踏实。纸箱厂一点点步入正轨。

夏天的天，说变就变。一场大雨，毫无征兆，瓢泼而来。几十万元的纸箱，顷刻化为纸浆。他紧绷着红薄的嘴唇，一言不发，他不相信，老天真的就这么对他？

工厂没有任何保证，靠的就是自己的诚信义气，如今，一切都没了，无论如何，也不能拖累兄弟。

静下来，细细算了账目，背负下所有的账务，他很明白这意味着什么。

风来，雨来，很多的时候，只能一个人，以为过不去的千山万水，一定得过去。

重新回归到一个人，回归到少年时的凛冽。

他说，这样的经历，只当是自度。

他拨开自己浓密的黑发，笑着说，你看，这都掉没了呢。

他太高了，坐在椅子上，我还得站着看。一块块脱落的痕迹，露着白白的头皮，看得心一惊惊的。他原本有着黝黑发亮的头发，那么好。此刻，不过二十几岁啊。

收拾好一切，整装待发。他去一个个企业毛遂自荐，他从最底层，一点点做起。

那年冬天的一天，有点阴，有点雾。他刚刚走出一家公司，便接到另一家客户电话，要求第二天上班前把资料送到。

看看天将黑的样子，而到那座城市，还有四百里地。

冬天，天很短，眨眼便黑。容不得人有丁点的犹豫，发动汽车，走！高速公路是不能走了，只能选择普通公路。晚饭自然是来不及吃了，带上资料上路。

他踩紧了油门，争取天黑之前多走一点路。可终究是四百里呢，当雾气浓重能见度不足几米的时候，走了不过百里。

路，完全看不见了，只能一点点往前挪。走上几里路，遇到村庄，村庄里早没了走动的人，都安静地在家里温暖着。他下车来，敲开亮灯人家的门，问这是哪里，接下来该怎么走。

问清了，继续上路，遇到村庄，再问……

一路问，一路走，凌晨五点的时候，到了对方公司门口。

停下车，慢慢缓过神来，才感觉到僵直的腿，麻木的肩。一路的紧张，早就忘了一切。

太阳不情愿地出来了，他却精神抖擞地迈进了公司的大门。

年轻的日子，总是困难多过欢喜，而他，总一副笑嘻嘻，万事不难的模样。

其实，哪里是不难？

这个家里的老四，倏忽间，人生晦暗。

大哥，年近六十。唯一的儿子突发车祸去世。二哥下了岗。三哥家里的菜园不景气，收入不好，面临侄子成家立业，亦是难。刹那，父母弯了腰，驼了背。他时常微笑的额头，有了浅浅的皱纹。

不声不响地，他给大哥找了力所能及的活，分散精力；带着二哥做业务；让三哥去工厂打工。这个家里最小的兄弟，一下子成了一座山，扛起了他想扛起的一切。

偶尔回家，看妈妈，妈妈会追着他，一遍遍地问：回家吗？今天晚上回家吗……

他听得出，那声音里，汩汩的殷切，渴望。

他一笑，朗声道：回！

年迈的妈妈听了，脸上开了花。

处理完琐事，夜很深。驱车回家，夜晚的乡村，很安静，偶尔会有狗的叫声。

他推门，没有上锁，那是妈妈留给他的。

那一瞬，他如此安然，踏实，泪，便落下来。

经历了八十年代农民创业的蓬勃，又迎来了九十年代的颓靡。他说，真的是一次次迷茫，一次次挑战。当然累，可是，却无法停下来。

说着的时候，他还是一脸的笑，笑得人心，跟着他疼。

前些日子，他回家看老爹老娘，忽然一阵腹痛，他以为自己吃得不合适，不作声，坚持着，怕惊动了老人。坐在饭桌旁，已是冷汗直淌。匆匆吃了一点，谎说有事，按着肚子，直奔医院。

倒在急诊床上的刹那，人事不省。再醒来，已是第二天清早。

医生说，急性胆囊炎呢，会要了命的。他听了，呵呵笑，说，这不还活着嘛！

其实他知道，是鬼门关上走了一遭。

中午输液刚刚结束，他就要求出院，只因刚刚送出的货出了一点问题，他答应客户三天之内解决。

医生说他疯了。可是，他还是坚持出了院，开车九个小时，去了威海，解决了客户的问题。

事情圆满解决的时候，病情反复，没办法，再次住院。

例会上，老板说，看，做企业就得有这个劲。

他低头不语，他知道，自己骨子里流淌的是什么。

那天，不常发微信的他，发了一条微信：

经历了，才感受到。付出了，才感觉到。不要说累，因为你是亲人和朋友的支柱，不要放弃，因为你是亲人和朋友的希望。

他曾经发誓，再也不种地了。可是，看着家乡越来越多的年轻人外出务工，家乡大片大片的土地荒废，他的心异常疼起来。没来由的，忽然更爱了这土地。

人的骨子里，到底有着最原始最纯真的血在沸腾。

于是，他在家乡承包了近千亩土地，将村里的闲散人员集中起来，开始合作耕种。

事多了，收益却少了，他依然开心着。他说，和乡亲们在一起，踏实。他还说，喜欢看那些绿油油的苗，像自己的孩子。

日子，也在他的笑里，一点点葳蕤起来。头发，也出奇地长好了。真是皆大欢喜。

人活到一定年龄，都是一点点往回收，回归到最开始的本真。很多的喧嚣繁华，都在光阴里慢慢沉淀成自己的千山万水。

春天来了，他和这个美好的春天重逢。而所有的记忆，都明亮着，吹啊，吹，吹得山河万朵开。

春深故人归。

年轻的时候，总是要去远方，追梦。到最后，却想回到最初的起点，追寻最真的梦想。这样的修行，是透明的，动人的，是坚韧的，是在故乡里，遇到知己，将人生泼墨而书。

写这些的时候，我说，给你换个名字吧。他哈哈一笑：嗨，没那么麻烦，直接叫本名金喜就好。日子，就得这么喜气洋洋地过。

是的，我一直叫他喜子，这一叫就是二十多年。过去这么叫，现在这么叫，将来还这么叫。因为，有一种生活叫——喜。

四哥的诗意和远方

冬天的天，格外地冷，谁也不愿意早早地起床。可学总是要上的。多不情愿，也得爬起来，热热饭，吃一口，顶着清冷的星星，上学去。

朝阳渐起，校园里开始沸腾了，同学们都在集中的时间从四面八方涌来，不过十几分钟时间，一下子又安静了下来。每一个教室，都开始了新的一天。

报告！这么嘹亮的一声，打断了课堂的宁静。老师和同学们的眼光齐刷刷地看着教室的门。

四哥一手提着书包，一手提着自行车的脚镫，脸色冻得红红的，忽闪着大眼睛，很诚恳地看着老师。

老师上下打量他一下，长长地哦了一声：我今天没有理由批评你了，也没有理由罚你了，对吧？

同学们都笑了。四哥不好意思地笑笑，低着头，晃了晃脑袋。

四哥爱迟到，但今天，四哥用事实告诉老师：我的自行车坏了，我可不是故意迟到的。

老师既好笑，又生气，抬手示意一下，让他回到了自己的位子上。

下课了，同学们呼啦围到他身边，七嘴八舌地问，自行车真的坏了吗？

四哥呵呵笑着：我到车棚的时候，正打上课铃，我一看，又迟到了，咋办？不能再说肚子疼了，我一使劲，就把自行车脚镫踹下来了，放学时候再安上……

同学们一下子沸腾了，好一个四哥啊！

四哥哈哈一笑，拍一拍胸脯，说：有事找四哥！

当然有事找四哥，同学们缺笔少橡皮了，丢饭票坏自行车了，只要四哥在，就没有过不去的坎。

四哥成绩不好，这成了四哥的心病。尤其是英语，发音总是不正确，常常在课堂上面红耳赤的。但大家都理解，他天生的兔唇，给发音带来了一些困难。四哥很努力很努力地去学习，去做，还是拉了后腿……

四哥懊恼的时候，唉声叹气，说，这可怎么好？

同学们安慰他，帮助他，一点点教他。

哦，对了，忘记说了，四哥是我的同学。因为年龄大一点，因为心肠热一点，因为几乎每个同学都得到过他的帮助，所以，他就成了我们大家的四哥。

四哥，这一叫，就从少年，叫到中年。

毕业后，四哥说自己不是上学的料，趁早回家种地去。

四哥肯吃苦，肯干。地里的庄稼收拾得漂漂亮亮的。闲暇时间，去跑个单子，接个活计。人实在，活又干得精致。日久天长，四哥在方圆十几里成了出名的放心人。

日子一天天地过着，四哥到了该娶媳妇的年龄。每每说到这，四哥就不好意思地笑，谁愿意跟着我过日子啊？没颜值，没钱财……

可是，四哥就是这么霸气，靠着这颗坦荡忠厚的心，迎娶了四嫂。

四嫂欢天喜地地进了家门，欢天喜地地生下了一双儿女。

日子，就被四哥这么红红火火地过了起来。

四哥在村南盖起了两层小楼房，楼上个给孩子们布置了卧室，书房。他说，我认字不多，不能耽误孩子啊！也果然是，四哥两个孩子，学习都那么好，那么懂事，四哥很欣慰，说是孩子的造化。

其实，谁不知道，四哥是怎样地孝敬自己的老娘，是怎样地跟着书本，跟着前辈学习业务。如此言传身教，岂止仅仅是“孩子造化”四字能解释的。

楼下，四哥布置了茶室，他喜欢左邻右舍，亲朋好友们来小坐，他管饭，敬茶。

他说，人活着，就是得有个人气。

而且，他学会了一句很文艺的话：诗意和远方。

他说，他可能没有远方，但诗意，就在自己手里。

说着的时候，他憨憨笑着，听得人心，暖暖的，像小院里，他种的那一株海棠，使劲地开。

每个傍晚，四哥总会去老娘那里，陪着老娘聊聊天，或者打打牌，等老娘睡下了，四哥回家做一点宵夜，等着夜班的四嫂。

四嫂在开发区打工，他不放心四嫂一个人回家，快下班的时候，开车去接四嫂。乡村的夜很静，开着车灯，掠过一片庄稼，一丛树林。他俩谁也不说话，彼此一脸的平静，一脸淡淡的笑意，可那美好就那么悄无声息地弥漫了每一个空间，在散发着泥土气息的夜里飘荡。

四哥偶尔会在朋友圈里晒一晒四嫂包的饺子，说：还是有个老伴儿好，虽然不好看，但是会给咱包饺子吃啊……

饺子热气腾腾的，说得人心里，也热气腾腾的。

四哥也会晒带着四嫂去城里的照片，他们看花，看树，看新建的公园，看刚开放的展览馆，当然，也去看在一中读高中的儿子……照片上的四嫂，一脸都是笑，满足，幸福，圆润，甜蜜。

四哥还带着老伴去体检。他说，年纪大了，就得好好疼着……

这样的爱情，似一个个小欢喜，刹那动心，都是美的。他们不着一字的爱，却是每时每刻都在爱着的，爱得实在，爱得烟火，爱得踏实。

四哥每天都早起。没有活计也要去地里看看，他说，看看土地，通透，辽阔，喜悦。像是一粒梅花，落在了雪里，如锦绣般，美。

不久前，四哥承包了村里的一些散地，他更是早起，去看看那些苗苗，一棵棵地看过，该浇水了，该扶正了，该剪枝了，四哥像照顾孩子一样悄悄爱着它们。

到底，四哥是一心一意地恋着这片土地的，懂得，而慈悲。

而这，是他的田野，也是他的远方。

有段时间，心情莫名低落着。那个清晨，刚打开微信，不怎么聊天的四哥发来一个小视频。视频里，小河的水清冽冽地淌着，太阳正起，洒下一片柔柔的光，不知从哪里传来的，还有小鸟的叫声。给美景配音的，是四哥独特的声音：看，多好的早晨。

不由自主，看了一遍又一遍，我想，四哥是在表达一种态度：一切都这么美好，努力活着，所有的诗意都在。

看着视频里间红间黄的朝阳，心，一下子释然起来。

四哥没有上过很多学，也没有读过很多书，可是他随和喜气地爱着每一个美好。他有情有义脚踏实地地过着每一个俗世的日子。他说，这就是他想要的生活。

而这，不正最诗意的生活，和最美好的远方吗。

当与君相见

她不是一般的女子。而无论从哪里写起，都觉得会失了她的魅力。

那个中午，我独自一人去菜市场小转，没有目的，只是因为阳光正好。

菜市场是长长的一个胡同，两旁是各类的小店。中午人不多，走在小路中央，我一个个看过去，各色的牌子，各色的字体，各色的物件，一片热气腾腾。

突地发现一间化妆品折扣店。

在一片青菜馒头之间，它显得异常清丽。许是女子爱美之心，我信步走了进去。

小店很小，门的玻璃很透亮，直接看到屋子里的柜台。

我推门而进，她起身温和地问我："哦，来了，看看吧！”

本无相识过，却似老友来。

我笑笑说，随便看。

她说，“好，有什么问题尽管说。小店是打折的，但放心，都是正品呢。”

说罢，便退到一边，任我去看。

她的放心，让我反而多了一点不好意思。

记得每每去商场之类，总有涂了妆的女子，喋喋不休地在耳边说。本有的好心情，也会倏忽而去。

我有一句没一句地和她聊，她恰到好处地答，绝不多说。

我笑，问，“怎么不推荐呢？”

她笑，“各人有各人的喜好，不能乱来的。如果有喜好的东西，我也只能告诉您适不适合的。”

我笑，实在没有东西可买，就拿了一只润手霜。

她笑，开票，收钱。出门的时候，说：“小店刚开业，谢谢惠顾哦！给您个名片吧，我们免费做皮肤护理，欢迎您有时间来体验一下。”

她送我出来，在阳光下和我挥手，一脸的气定神闲，并无隔阂之感。我回头，她和小店，像一株小野菊，挺立，清秀。

再次来，是很久之后的一个傍晚。处理完各种琐事，累了，想起那个小店。

还是那个笑意盈盈的女人。见了我，说，“好久不见。”

“是的，好久不见。”我笑。

见我递过来的名片，点头说好，带我来到货架后面的屏风里侧，两张美容床，铺着白底紫色印花的床单，散发着淡淡的好闻的香。

待我躺好，打来水，细细给我做。间或和我说，小店简陋，自己也是学艺不久，能来，她很感激，如果感觉有什么不好的地方，请多多谅解。

偶尔，她回头，对立在一边的小姑娘说，你认真看，注意一下手法，要让顾客感觉舒服……

我听了，问：“哈，这么快，你收徒弟了？”

哪里，是我外甥女呢……

她不好意思地笑。

我不再多问。

许是累了，慢慢地我竟然睡着了。

醒来的时候，四周一片寂静。我忙问，几点了？

“快十点了。”她笑笑，看着我。

小城冬日的十点，早已进入了睡眠状态，而我，在这小店里，就这么呼呼睡了起来。

我一脸的歉意，她笑，“没关系，看你是累了，就不打扰你了，睡吧，睡到自然醒了，还舒服些！”

“那你怎么回家？”我问。

“走回去，没关系的。”还是那样的平静，似一朵莲花，有着许久的深情，并不张扬，散着迷人的光。

我帮她收拾了东西，锁了店门，一起走。恰巧，我们有一小段同路。

这时，我才知道，她叫冯君。君子的君。

一个女子叫君，感觉已经不仅仅是风情万种了，更有种一言难尽的英朗气息。

路上，说起了那个小姑娘。原来，那是她妹妹家的女儿，妹妹生病故去得早，孩子初中毕业就不再上学了，妹夫一个人照顾不过来，她就把孩子接过来，打个下手，学点手艺。

说到这里，她笑了，一低头，“其实，我也是刚起步，在摸索中呢。慢慢来吧，有我吃的，也有她一口吃的。”

当然，我还知道了，她是下岗职工，没办法，生活逼着她，开了这么个小店，只为养活自己。

昏黄的路灯，把我们两个的影子拉得长长的，似乎努力地，努力地向着那条康庄大道。

我断断续续地来。有时买一点东西，有时做个皮肤护理，有时什么都不做，就那么和她聊上一会儿，风清气朗的。

一日，她的笑里，忽然有一些勉强，很多难言的样子。我问怎么了。

她说，下岗之后，就没有工资了，最近通知，养老保险什么的也要自己交，手头分外拮据了。马上中考的女儿学习日益紧张，自己几乎没有时间陪，心里愧疚。店里的业务刚刚有了一点儿起色，老母亲又住院了，自己跑来跑去，有点力不从心……

说着的时候，她还是腼腆地一低头，仿佛做错了什么似的。

“不过，没关系，咬咬牙，会挺过去的。放心吧！”她又恢复了笑意盈盈的样子。

说着的时候，进来一名男子，见了我，礼貌地点点头，一笑。

“是我老公，给我送饭来了。”冯姐疲惫的脸上，有了如花的灿烂。

男子放下饭盒，嘱咐她好好吃，记得喝热水。

她则一再嘱咐男子，别再送饭过来，有空就休息一会儿。

男子没有搭话，匆匆离去。

她叹气："我再难，不能难为他，他给人家打着工，照顾着老人，还要操心我……挺不容易的，我能自己做的，就自己做了，不想麻烦他……"

我看着她，忽然觉得她像一朵花，隐忍，坚定，淡然，清雅。

小店里的人，越来越多了，都说她不推销产品，来去自由，当用则用，不适合绝对不用。而价格，又是那样的贴心。虽然处于菜市场的小小角落，人气却越来越旺。

再见到冯姐的时候，她的女儿已经考入了当地重点高中。她见了我，喜笑颜开，"人啊，总要上学的，有知识，多好啊。"

我跟着她的欢喜而欢喜。我也看见她小小的柜台上，有放着的各类专业知识书本，还有笔记本，笔记本上，是她的写写画画。

"你太累了，雇个人吧！"我说。

"现在还不行呢， 一来咱的店面小，现在还没有盈利，收支刚刚平衡。二来，我自己做放心，现在来的顾客，都是冲着我来的，大家给我那么多支持，我不能寒了大家的心……"说着的时候，她起身在毛巾上蹭蹭额头的汗，一脸的欣慰。

有一段时间去了，不见她。问，原来是进修去了。虽然小店运转良好，但是，不学习，不能给顾客新的给养，恐怕不是长久之策。

在学好专业的同时，她自费学习了保健按摩，发现顾客有什么不适，她都免费护理一下。她说，不为别的，就为来了的人，舒服，安心。

当她的手再次落到我的脸上的时候，我感觉到她关节的铮铮作响。

小店终究是太小了，来的人，排不上，往往失望而归。她的眉头锁了起来。扩大经营，人力财力不够，保持现状，势必是瓶颈。几次三番之后，她咬牙，另租店面，另打锣，另开张。

“因为自己是下岗职工，因为自己有中途辍学的外甥女，因为自己经历了一个家庭中坎坷变故，更懂得一个孩子对家庭的重要性。有很多辍学的女孩，成了父母的担心，我想，我招她们来，也算是给孩子多一条路吧，虽然这条路不好走，但我也想试着，坚持着走下去……”冯姐这些话，是在招聘员工的时候说的。

我不由赞叹她。

她赶紧制止我："我没有多高尚，我不过是做自己想做的，说自己想说的。"

这就是她的生活了，简单，素雅，别无所欠。

员工找来了，十八九岁的女孩子，爱玩，懵懂，天不怕，地不怕，似脱缰的小野马。她把她们个个视为闺女，给她们做饭，梳理她们的情绪，教给她们做人的道理……

每一个夜晚，她安顿好孩子躺下，关了灯，悄悄坐在客厅里，静静梳理一天的业务。顾客的情况，每个孩子的情况，还有要处理的点滴琐碎……

她以这样独特的方式，给生命一份炽热。

生意上了轨道后，她开始自费出资，送孩子们外出学习。

外出的孩子，眼界开阔了，思想成熟了，其中有一个女孩，资质聪颖，学习亦是刻苦。归来后，怯怯地请求她，自己想开分店，可是，自己没有资金，想她投资。

她只考虑了一夜，便同意了这个请求。

分店运行一样风生水起。

于是，第二家、第三家、第四家……她投资的分店都开了起来。

忽然地，没有任何征兆地，一个开分店的女孩自己换了门牌，独自慢慢将资金统揽起来，渐渐脱离她的管理体系。

一切，都不是开始的样子。

她一次次去找女孩交流，希望一切可以回到从前，她既往不咎。

女孩铁了心，不理不睬，直至后来，不再见她。

有人开始，就有人模仿。

陆续有两三家分店出现类似的情况。

一切，都没了开始的样子。

她沉默了，一言不发。几日不见，便多了无数沧桑。

她找我喝茶，但只喝不说话，分手的时候，突然叹了口气：算了，就这样吧。

她决定不再追究那些女孩的责任。

不久后，我生病了，手术卧床，许久没有看见她，亦不知她如何了。

出院回家后，我突然接到她的电话，说听说我病了，一定要来看我。

隔日傍晚，她捧着一束大大的粉色康乃馨，提着一篮红红的草莓来了。

她拥抱我，说生命里，没有那么多的风和日丽，也没有那么多的静水长流，所有的跌跌撞撞，到头来，都会是花好月圆。

我使劲点点头。

那天，她着了一件孔雀开屏的蓝袍子，沉稳，艳丽，而又有几分张扬。

她温柔的眼神里，多了一丝所向披靡。

最终，她以她清冽的方式，战胜了一切的鸡零狗碎。

一切，都慢慢好起来。

其实，人到一定程度，就是不停追问，战胜自己的过程。

她也不知道自己的路到底又多长，但是，她知道遵从自己的内心，让每一个生命，都朝着坚定的方向走下去，让自己所热爱的事业，散发出异样光彩，最终成为不一样的烟火。

写这个文的时候，北方小城正是春天，本应天暖地暖，而雪，却偏偏飘来。微信群里一片“白雪却嫌春色晚，故穿庭树作飞花”之声，她亦给我留言：春来，天正雪。要好好保暖，记得心情好。

此刻，她正在机场，去长沙，参加一个成功经验分享会。她是这个大会唯一的分享人。

窗外，雪正白，忽觉有斯人可想，当与君相见。

道爷

道爷死了。

听到这个消息我的眼泪瞬间落下。

八年前，我毕业参加工作，到学校报到，刚进大门，一个身高足有一米九、眼睛瞪得大大的老头凶巴巴的问：你是干什么的？

当时吓得我浑身一激灵，怯怯地说：我是来报到的。

啊，进去吧。校长室在那边。态度缓和了一点儿，但仍可以称得上严厉。刚走出没几步，那如雷的声音又吼了起来：把车子放好，别乱放呀！

我听了，忙答应着。心里猜不透这是个怎样的人。

之后，我去找住宿，在宿舍门前，又看见了那个高高的个子，正在吼着一个年轻的女老师，她是和我一起报到的。

谁让你用自来水冲脚的？不知道水金贵呀？这不是造孽

吗？……他的声声怒吼，已经让那女老师眼含热泪了，他依然大有石破天惊的气势。

这时老校长走来了：行了，道爷，新来的孩子，原谅她这一次吧……

在老校长的劝说下，那叫道爷的才气呼呼地离去。

看到这里，简直有点目瞪口呆了，这是何方神圣啊？老的，小的每一个都要敬他三分，畏他三分。

经历了这些，我也开始小心翼翼，处处躲着他，生怕什么时候被他逮着把柄，吼个地动山摇。

道爷每天天不亮就起床了，很远就能听到他的咳嗽声。

夜很深的时候，他还在校园中转来转去。

他仿佛就是学校的灵魂，无处不在，无刻不在。

白天，则老是听见他吼学生的声音，要么是因为玩水，要么是因为扔馒头，要么因为乱打乱跑……

冬天到了，我们宿舍几个女老师只有自己点炉子取暖，常常侍弄不好，将炉火弄灭。道爷便拿着几根木棍来了。还没到门口呢，就听到他不耐烦地嚷叫了：炉子不弄旺点儿，冻死你们呀！点不着，提前说呀！

直嚷的我们心惊肉跳，而炉火，在他的三下五除二里，呼呼地旺了起来。

时常我们就这样被嚷一顿，时常我们上完晚自习回来，土炉旁边有几块要熟的红薯，香气一个劲地扑鼻。我们几个嘻嘻一笑，知道是道爷在街头买来烤给我们吃的。要是有哪个周末不回家，道爷如雷的声音又来了：不回家在这里干吗？走吧，我那儿有汤，喝碗去！

就在这吼声中给我们盛上一碗热汤。

时间久了，我不再怕道爷，不再怕炉火不旺，更不用怕周日返校没饭吃。

这年冬天，不知什么原因，我身上起了许多泡泡，流黄水，吃了许多西药，不见好转。道爷不知怎么知道了，吼着让我去看中医，有病乱投医，去！

等我抓了几副中药回来，又犯愁了：不会熬药呀！

这时，道爷又嚷着来了：这么大的人了，什么都不会，连自个都看不好！

我看他手里还拿着个新买的药锅子，乐了，道爷给我熬药来了。

道爷把炉火弄好，开始熬药，边熬药边和我们聊天，谈他年轻时的苦日子，谈他年轻时走南闯北，谈他年轻时的恋爱……从来不敢问这么英俊的他为啥不娶妻，他这一提，我们来了精神，问这问那，问的道爷嘿嘿直笑。

原来，那时道爷为生计四处奔波，居无定所，不愿累及家人，所以耽搁了下来，后来再想张罗，也没了心思，于是，就以家乡学校为家了。听着道爷的述说，忽然觉得他往日的严厉都那么可爱。

接下来几天，道爷每天很准时地为我熬药，说也怪，几副中药下肚，身上的泡泡明显好转。周六，因天气不好，我们几个没有回家。在道爷那里吃完饭回来不久，便听到了一阵哀婉的二胡声，我们简直不敢相信，这是从道爷屋里传出来的。

待我们跑出去，隔窗一看，道爷正端坐床头，腿上立一把二胡，眯着眼，一左，一右，随着音乐，轻晃着身体。那乐声，有几许哀婉，也有几许淡然，仿佛一个久远的岁月，带着花香款款而来……

我们静静听着，谁也不作声，就那么看着道爷，看着一个不同于往日任何时候的道爷……

四年后，道爷病了，离开学校去他侄子家住。他走了，我们心里忽然空落落的。我们买了水果去看他，他躺在床上，很瘦，依旧瞪着大眼睛，依旧吼着，虽然声音远不如从前：挣不俩儿钱，花什么花……

我们听着，笑着，一转身，已是泪眼婆娑。半年后，道爷与世长辞。

生命来来往往，到底还是有很多的来不及，欲行已不能。

有的人，心里装着万千山河，却声色不动。有的人，心里开着慈悲朵朵，却寂静安然。

在这个世上，孤独寂寞，但又古道热肠的人并不算少。总会有那样的人，经历了千锤百炼，过尽千帆，依然有一颗柔软的赤子之心，如少年，细腻，纯粹而真情。

如果，你遇到这样的人，请珍惜，请爱护，请祝福，有时间的时候多跟他聊聊天，有闲暇的时候多听听他想要倾诉的过往。或许某日，他便会不辞而别，再也不会出现在你的生命里……

货郎与手艺人

赊鸡嘞，赊鸭嘞……浑厚的声音，极大的穿透力，从小村的这头，直到那头。安静的小村里，开始骚动起来，有婶子大娘出来，张望着："哪里了，哪里了，咱去看看哈……"

推着笨重老式自行车的人，大多时候是个五十岁上下的男子，听了招呼，便应着："这里啦！"

说着，把自行车停下来，轻轻靠在土路的一侧。自行车后座的两边，各自挂着一个柳编的筐，筐上盖着薄薄的棉被。前边的车把上，挂着一个塑料的瓶子，里面是水。还有一个小袋子，是黄黄的小米。

婶子大娘们过来，围上去，问："什么样子的，看看啊，看看……"

"好的，别着急，慢慢的。"那大叔，笑呵呵的，黑红的脸，满满的慈爱。但胡子是几天没刮的样子，倒也颇有几分清冽的味道。

他支好自行车，打开薄薄的被子，叽叽喳喳的声音，一下子就传来出来。真好听。清脆脆的，每一个都在发声，没有指挥，却是井然有序，好似谁给编排好的。再一看，水灵灵的，好多小鸡，一个个毛茸茸的，淡黄色的一团在筐子里蠕动着，尖尖的小嘴点缀在这毛茸茸的一团中，像绣球花儿，紧密密地盛开着。

大家兴奋着，围着看。我们这些小孩子，更是不管不顾，冲上去，扒着筐子看，兴奋得不行，恨不能伸出手去摸摸。

那大叔忙阻拦着：“不行的呢，不行啊，小鸡怕摸哦，太热就不行了……”

小孩子的手脚是最没有轻重的。

大人们便轰孩子们走，轰，也赖在周围不走，那声音，那毛茸茸，实在是诱人。

婶子大娘们开始和大叔讨价。

“咱这小鸡都是自己家里孵的，好养着哩！两毛钱一只，您带回家养着，都可好活哩！等秋后回来，咱再算账……”大叔耐心地讲着自己小鸡的好。

每年开春，村里总会来几个人，有时候带着鸡，有时候带着鸭，或者鹅。谁家想养，就带回去，数量随意，不用给钱，只需在他的小本上写下姓名和数量就好。等秋收后，那人会回来，招呼着：“赊鸡的来了，赊鸭的来了……”然后，当初带小鸡（鸭或鹅）回家的人，就出来结账了。结账的数量以长大的、健在的鸡（鸭或鹅）为准。这期间，凡是走失的，死亡的，统统不在付钱之列。

所以，大人们养着开心，放心，领一些回家，小小的院子，一下子就生机盎然起来。整个春天，家里，家外，村里，村外，到处都充满了希望。

大人们终于说好价了，一毛五一只。

然后，小孩们欢天喜地地抱着从家里拿来的纸箱子，等着大人们把小鸡一只只放进去，乐颠颠地抱回家。

顷刻间，大叔的筐就空了，他满足地笑着，带着他记账的小本本，走了，只待半年后的秋收……

秋后，大叔还是骑着那笨重的老式自行车，车上什么都没有，轻悠悠的，只一招呼，婶子大娘们就出来了，不过半年时间，依然熟识许久的样子。

还账的人家，自是一户也不会少。

春天里，小村里零零星星的桑葚树，长出了叶子。小孩子们便跃跃欲试地，要摘下来，养蚕去。

小村养蚕，并不成规模，反倒是颇具小资情调的，是那种最接地气，最原始的浪漫。

蚕，宠物般养着，吐了丝，结了茧，都用来观赏。小孩子们图个新鲜，大人们却尽了心的，帮孩子们照料着。一天劳累回来，围着柳编篮子里的蚕，看得每个人都精神抖擞，看得每个人都喜笑颜开。

但凡有人来卖蚕，大家纷纷争着要，当然不会多，每个人三四条而已。

蚕宝宝躺在桑叶上，不停地吃啊吃，那细微的沙沙声，挠的心痒痒的，很快，蚕宝宝就变成了白色。白嘟嘟的，可爱至极。

然后，它们就不动了，如睡着了的样子。小孩子不懂，要哭，蚕宝宝怎么了呀？

大人并不着急，笑着安慰："不用担心，它们休息一下，脱皮呢！"

果然，一天后，蚕宝宝真的脱下了一层衣服。

孩子们自然是兴奋，赶紧采来桑叶喂。

树本来就不多，被小孩子们争抢着摘，不几天，叶子就告急了。急也没办法，叶子不能唰唰长呀！

可是，蚕宝宝吃得快，怎么办？就去采榆树的嫩叶子。嫩是嫩，蚕宝宝吃得并不欢畅。但也只能坚持着，坚持着桑葚树长出新叶子……

春天跑得真快，转眼，叶子就都老了，蚕宝宝们也开始抽丝成茧了。

孩子们最期待的时刻……

大人们叮嘱着孩子们不要总去看它们，生怕惊扰了蚕宝宝。

终于成了茧，白白的，滑滑的，暖暖的。拿在手里，是每个孩子的宝。是那种经历了蜕变，经历了煎熬，经历了等待之后的，无上的快感和喜悦。

秋忙之后，小村里渐渐安静下来了。牛啊，羊啊，鸡啊……都躲在阳光下，默默地眯着眼，不出声。小村的人，便多了来来去去的，除了串串门聊聊天的，还有偶尔来的邻村人。

挑着扁担，俗称剃头挑子，慢悠悠地招呼着：剃头哩，剃头！

围着小村走一圈，找一个阳光充足的地方，放下扁担，支上小凳子，拿出小剃刀。端一个脸盆，去谁家打上一盆水，万事俱备，只差来的人了。

也不急的，来的人，陆续出现，冲那剃头人打个招呼，坐在小凳子上，等着。剃头人将围巾围了，手拿小剃刀，一下下沿着鬓角剃开来。不说头型，不论要求，不讨价钱，剃的尽管剃头，来的尽管来。

人零零星星地来，话也渐渐地多，都是邻村的张家长李家短。

剃头的人，拿毛巾蘸一蘸水，擦一擦剃好的头，呼一声：好哩！

客人便起来，摸摸自己的头，爽利利一声：好呢！

随手将两毛钱放在扁担旁边的小箱子里。

下一个，接着坐了上来。阳光正好，人也正好。

剃头的师傅笑眯眯忙着，又来一位。

他推着自行车，车头插着一个不知用什么做成的小动物，抑或小花朵之类，车座上一个小小的柜子。在这暖呼呼的人群边停下来，支好自行车，卸下柜子，坐在一旁，不剃头，看着人们笑。人们也冲他笑，似乎熟识很久的样子，其实，哪里相识？

他打开一个小小的柜子，柜子里有一个小小的炭炉，炭炉上有一个小小的锅，锅下有微微的火。锅里是甜甜的糖稀，飘着香。

他挑出一点糖稀，拿一根小小的竹签，三下五除二，一个调皮的猴子站了起来。他插在柜子的一个角落上，接着挑糖稀，拿竹签，飞龙又出场了……坐着等剃头的，剃好头聊天的，看了，都呵呵笑着赞叹。

他也笑，腼腆的样子。不紧不慢地从柜子里掏出一面小小的锣，咚咚地敲上几声，声音错落有致的样子，像在招呼：我来了，我来了……

不大工夫，便有小孩子跑来了：吹糖人的来了，吹糖人的来了……

老的，少的，一下子欢腾了起来。那些小孩子七嘴八舌的，他要老鼠，他要猫，他要八戒，他要唐僧……吹糖人的爷爷不慌不忙，笑着招呼：都有的，都有的……

小孩子们有的给钱，有的给牙膏袋。那是他们自己积攒了下来，可以抵钱用。牙膏袋换糖人，再也不会有的美事了。

当年，自己也紧盯着家里的牙膏袋，用完了，一点点卷起来，放到小盒子里攒着，偶尔去换个糖人，多数的时候，去换铅笔。

有些孩子对糖人喜欢得不行，可真是没钱。急得不行，这时吹糖人的爷爷往往会送他一个。

当然，也有不要糖人的，要糖稀，然后用两根小小的棍子，上下左右来回的搅，越搅越快，几乎要出花样了，喜笑颜开地搅。这几乎是女孩子的专利，男孩子们还是要个糖人，拿在手里炫耀得不行，然后呼啸着跑开了……

磨剪子嘞，抢菜刀……这方热闹还没消停，那老爷爷又来了。这老爷爷不着急，推着自行车，转啊转。谁家开门一招呼：这里哩！

便停下来，找个地方坐下，将随身的小板凳支好，接过人家递过来的菜刀剪子之类，唰唰地磨起来。

不时停下来用粗糙的大拇指，轻轻滑过刀刃，试一试锋利的程度。看上去，有点心惊胆战的。

担心是大可不必的，无论刀刃如何锋利，那大拇指始终安然无恙着。

这家的磨完了，收拾家伙，继续走，继续招呼：磨剪子嘞，抢菜刀……

招呼着，就来到这片阳光里，走不动了。早有人拿着菜刀剪子等着哩……

剃头的，吹糖人的，人来人往，都这样地可亲，每一个，都发着人间独有的光泽。

这生我养我，带给我那么多回忆的民间情怀，没有任何的装饰，简洁干净，却有着地老天荒的朴素，却有着那样幸福的温暖。

时光渐老，货郎与手艺人渐行渐远，但我却愿意一直这样认为，它们不紧不慢，在时光里，不老。

养獾猪的女孩

獾猪是很可爱的小家伙。说它，一定要从王俊平说起。

王俊平是一个特别仔细的人，头发，衣服，文具，书包，凡是她用过的东西，都仿佛没动过似的。衣服是旧的，一看就是别人给的，但她穿起来，干干净净，平平整整。尤其令人佩服的，是她的练习本，反正面都用铅笔写了，然后再用橡皮擦掉，重新写一遍。她的练习本，反面，正面，再将正面擦一遍写一遍，一共用三遍。一个本，相当于三个。

她爱笑，无论谁有什么事情，她都会笑眯眯地答应着，如果做不好，她也一定会解释得清清楚楚。

即便如此，接近她的人却不多，不是不喜欢，是她的身上，总有一股怪怪的味道。她不恼，该怎样还怎样。

她学习成绩很好，名列前茅，同学们很是佩服。自然，来请教问题的人络绎不绝，她总是耐心地讲了。如若有人学会了题之后，还能听她讲话，她便会给同学们讲他哥哥养的一种小动物，名字叫獾猪。她说，它们不仅仅可爱，听她的话，而且还可以换钱。

她讲得神采奕奕，那小家伙的模样在我们眼前晃动着，我们很是期待她说的那种小动物，于是怂恿她，带一只来吧，带一只来吧。

她想想说，好吧。

第二天中午，王俊平果然带来了一只。

那家伙，小小的，黑白相间，不是很长的绒毛，软软的，小小的眼睛转来转去。捧在手里，像捧着一团热乎乎的棉花。

我们一群人，围着看，叽叽喳喳地。

王俊平笑，说，这是最小的一只，很老实，别惹怒它，没关系的。

我们顾不得她讲，围着看，看着看着，上课铃声响了，老师进来了，不见同学们在座位上，自然是一场暴风骤雨。

老师，我带来的小獾猪，是我让同学们看的，和同学们没关系……

王俊平和老师理论。这个学习成绩顶呱呱的学生，怎么玩性这么大？老师生气了，直接让她回家反省。

她看看我们，一笑。抱着小獾猪，回家了。因了她，我们也幸免于难。

第二天，她照样笑呵呵地来上学了，没事人似的。可她的眼睛是红肿的。

我们做的，只能是上前安慰她。她摆手，说，啥事没有啊，耽误的作业我会补上的。

日子一天天地过着，王俊平的成绩依旧顶呱呱的。当麦子蹭蹭往上长的时候，我们就要考初中了，每个人都使劲地学着，生怕考不上。

那时候，去镇上读初中，是要参加全乡统考的，分数不够，就无学可上了。

而王俊平，心不在焉的样子，作业也不那么认真了，老师总是有意无意地提醒她，这样一个优秀的女孩，怎么会突然消沉了呢？

那天，上课许久了，没有见王俊平的身影，老师问了一下，没人知道原因。我们一致以为，是她身体不舒服了吧？

可下午的时候，便有消息传来，王俊平不上了，退学。是老师亲自问来的。

每个人都很震惊，没有人去过她家，不知道她到底是什么情况，惋惜着，议论着要不要去她家看看，劝她回来，毕竟马上就初中了。

议论的结果，是没有结果。

放了学，我看看同学们，也犹豫着。走出学校，满脑子是她的笑，她的旧衣服，她的作业本……不知怎的，下定决心去。

我们的小村不算很大，我住在村子北边，她家在西南方向。我朝那个方向走去，边走边问，问了五六个人，到底是找到了。

五间土坯房，篱笆墙。我推开用木棍绑成的门，小院很整齐，一些杂物摆放得错落有致，院子里种着一些辣椒茄子之类的菜。

王俊平！我叫了一声，没人答应，小院和屋子都是安静的。

我轻轻推开木门，仰起头，使劲往窗户里看。

有人高声问着，谁呀？就从里屋走了出来。

是王俊平，她戴着围裙，套袖，双手正拿着一把野菜。

抬头见是我，一愣，转而笑了：你呀，我在里屋喂獾猪呢，没听见！快进来，快进来……

我答应着，跟着她走。

很整洁的小屋子。土炕上平整地铺着格子布，棉被整齐地叠放在一角。红砖铺成的地干干净净的，屋子里一张桌子，一个木箱子，擦拭得久了，泛着老旧的光。

快坐吧！王俊平拉我坐下。

你怎么不上了呢？

你看，我还能上吗？院子里的菜，屋子的收拾，还有獾猪的喂，都是我的事。还有，我还得做全家的饭……

她笑着，很平静地和我说着她的一切。

在她还没有出生的时候，爸爸做生意去了东北。几年后，王俊平出生了。可是，在她很小的时候，妈妈就去世了。留下她和爸爸，还有两个哥哥。爸爸一把屎一把尿地拉扯大了他们。七岁那年，爸爸带他们回到了家乡。

三年级的时候，爸爸的身体开始糟糕了起来，一些活已经干不动了，只能干一些相对轻松的活计。

两个哥哥开始工作，王俊平便承担了家里所有的家务。每天早上，早早地起来和哥哥们一起做饭，哥哥们去上班了，她收拾好碗筷，打扫好屋子，再喂獾猪。

之所以养獾猪，是为了多挣点钱，好给哥哥们娶媳妇啊。王俊平说这句话的时候，笑得很开心，很幸福。似乎，已经看到了未来的嫂子。

我也笑了。但还没等我的笑展开，她继而叹了口气：唉，可是，谁愿意嫁给哥哥呀？一天到晚，忙忙乎乎的，人都不干净了，我要是不收拾，他们自己也不知道换洗，谁愿意跟着这样的邋遢人家。

我不知道怎么回答，只能静静地听着她说：妈妈去世早，一个家里，没有女人真不行！所有的东西就得我打理……

当时，她说这些的时候，我似懂非懂的，只是隐隐约约感觉到了她的难，我听着。

成绩下降了，我知道为什么，有时候我真的困呢，坚持不住了。其实，我特别喜欢上学，可是，我没那个命了……

她低下了头，脸红红的。然后，我看到她抬手抹了一下眼泪。

“王俊平……”我叫她一声，不知道该说什么。但我却忽然庆幸，庆幸同学们没有来。

我不愿意说这些，怕别人瞧不起。咱们同学们没有人知道我没有妈妈，没有人知道家里只有我一个女人，我不愿意让别人知道，老师来了，我和老师说，不要和同学们讲……

你怕什么呀？你做了这么多，这么能干，羡慕你还来不及呢！我说。

不是的，你不懂，让别人知道了，哥哥们还要我照顾，就没人给他们说媳妇了……王俊平认真地说。

这个只比我大一岁的女孩。我还是要劝她回去上学，就此罢休，多可惜啊。

不去了，如果继续上，就要到镇里读书了，来来回回七八里地，中午回不来，就没人给哥哥们做饭了，他们身体要垮了，我们这个家怎么办……王俊平说这些的时候很坚决，没有任何商量的余地。

我看着她，短短的头发，红红的嘴唇，坚毅的眼神。

天不早了，你快回去吧。别让你妈妈担心了。她像一个长者，叮嘱我。

你是第一个来看我的人，我心里，特别……特别……王俊平忽然有点手足无措的样子，不知怎样才好。

她从炕的一个角落里拿出自己的书包，从里面掏出一个笔记本递给我：这是我新买的，才用了一页，你要是不嫌弃，就送给你吧，好好上吧，上学多好……

我接过来，黑色的塑料皮，上面是淡淡的、白色的落日。很新，很好看。

王俊平拉起我，催我回家。她说，她也要做饭了，一会儿爸爸和哥哥们也要下班回家吃饭了。

我想哭，想说，却是什么也说不出来。

天已经很晚了，小村的路斑驳着，路边的柳树也都睡了。

我默默地走着，直到自己的视线模糊了起来，脸颊也微微地湿润了。

第二天上学，有同学看见我手里的笔记本，说：你看人家，多懂事啊，知道去看看，看了，就能得到东西呢。

我诧异地看了她一眼，想回她几句，张张嘴，又咽下了，王俊平不想让别人知道她的情况，算了吧。

这样一个隐忍的女子，唯有成全她，是最好的报答。

多年后，回到小村，去打听王俊平的消息，竟然没有人知道了。但是，有人隐隐约约知道是卖獾猪的那一家，据说，没有赚多少钱，一家人都搬走了。

我去曾经的那个小院子，已是物是人非，走着，看着，再一次泪湿。

第二章　光阴知味

有些物件，带着时光的印记，在岁月中消失。而它们曾纤尘不染的气象，是一种艰辛，一种思想，一种能量。年年岁岁中，释放出一种难以抹擦的油泽，泛着柔媚的光。

有信时光

我翻看着我的信。

二百八十六封。

一封封地编写着号码。散发着潮乎乎苍绿的味道。

这些，全部来自一个人，来自青春。

那时，他是我的同桌。在将近毕业高考的时候，毅然决然地去了部队，他说，他喜欢。

在他迎接部队新兵训练的日子里，我备战高考。

深秋一个很晴朗的午后，同学们吃了饭，都在阳光里，暖暖地享受着片刻的安宁。有同学跑进来叫我，有你的信。

是吗？心里盼着是他的信吧，是他的吧。跑去看，果然是。他给班里几个同学都写了信，其中，有我这个同桌的倒也不足为奇。

跳动的心，有点小失望。是心里那个小我，是希望他只给自己写。但还是欢喜的，打开看，无非是到了新兵连的训练啊，吃饭啊之类，读起来，却倍感亲切。读着，读着，泪就来了。坐到座位上，不知道该怎么回信了，握着笔，看着天，呆呆地……

这样的一个下午，作业完成得并不是很好。到处是高考的火药味，不能这么糟蹋时间了。

定定神，再读一遍信，偷偷一笑，学习去。

其实，心里是喜欢的，他是那样一个优秀的男孩，高大，帅气，聪明，更重要的是，贴心。我这样一个其貌不扬的女孩，怎能和他比肩呢？

小小的自卑，充斥着内心，唯有低头努力学习。

累了，会看天，那里，有我想要的一切。有希望，有信仰，日子，便饱满了。

放了学，回家的路上，看花花美，看水水清。

回到小屋，摊开一桌子的作业。

作业还没写呢，先拿出了那张喜欢许久的纸，是什么时候发现的这张纸呢？只记得，一眼看见它，就想到了他，给他写信多好啊！

宝贝一样的把它放到书包里，只待夜深人静的时候，悄悄拿出来。

小村的夜，如此安静，偶尔有一点从遥远的地方传来的低低的轰鸣，真美，是莫扎特的小夜曲，钻到心里去了。

心，咚咚跳着，像见了他的人。

怎么会这么庄重呢？

其实，不过是想告诉他，我在学校里挺好的，课堂上我回答了哪些问题，老师都怎么评价我的，然后，问他可好……如此而已。

把信折成可爱的模样，一只小船，一个蝴蝶，一个花篮……后来才发现，错了，这样不好拆开看。但叠的时候，心情是美美的。

拿出作业，思如泉涌，行云流水，一气呵成。他，是我的神助吗？

一周，也只能有一封信。太远了，邮差要慢慢地盖了邮戳，火车要哐当哐当地运来，那信，再坐上绿自行车，悠悠地来……等信的日子，美好，也煎熬着。

在这样煎熬的日子里，要做的是一遍遍做作业，一遍遍背课文，在轮番轰炸的学习里，一点点追上自己想要的样子。

一模考试成绩出来了，很不好的一个分数，看着试卷，想哭。想告诉他，我不行了，怎么办？

握着笔，看着信纸，泪水滴滴答答落下来，感觉自己是失败的那一个，我怎么能这么快就认输了呢？

抽抽鼻子，收起信纸，换一张，愉悦地写下，写下我的努力，写下对他的祝福……

寄出信的时候，便有了一份期待，那期待让人安心。

累的时候，就去传达室。穿过操场，操场上有打球的欢腾人群，我望着他们笑，多好的青春！走在甬路上，两排高大的杨树哗啦啦地响，抬头看看它们，打一声招呼，欢快的心情，如同一片叶子，唱着歌。

传达室里的大爷靠在椅子上，打着节拍，跟着黑白电视里的戏曲，眯着眼，叽叽呀呀地唱着。我不知道他唱的什么，但那份怡然自得却在小屋里流淌着。

靠窗的桌子，斑驳着，掉了漆的地方，异常的生动，仿佛是爷爷老去的手，粗糙着，温暖着，一点点渗透着岁月的光。

一封封的信，白色的信封，土黄色的信封，安静地躺在上面，等着久违的主人。

我悄悄进来，并不打扰大爷，一点点翻看那信。我喜欢看信封上的字，有的只写名字，有的要写上“亲启”，有的要写上“内有照片，请勿折”……每一个各异的字里，都含着浓浓的情义，那只有收信人才感觉到的东西。

我看着它们，体味着它们的温度，这么美好。

当然，并不一定有我的信，但来到这里看看，就仿佛和他进了一步，就仿佛马上收到他的信似的。

日子，便妖娆起来。学习，便努力起来。

信，伴着我的成绩，一点点地上升，终于在那个繁花的八月，收到称心的录取通知书。

奋笔疾书，关了门，趴在窗台上，写小村的天，小村的地，小村的树，小村的邮差，小村里收到通知书的我……

他的信，伴着我的欢快一起进了校园。

那是第一百八十二封信，很短，他说，他要去前线抗洪了。在出发前，想给我写封信，告诉我，请我为他祝福。

心，狂跳，泪，直流。

回信已经发不出去了，信到的时候，他已经在战场上了……

而信，依旧写着。即使不发，亦是写着。

终于，他成功返航了！信，又开始了美丽的飞翔……

第二百八十封信的时候，他已经远在满洲里，退了伍的他，选择了创业。而我们还没有蓄满的爱情，还没有来得及说的爱情，在校园和远方之间，摇摇欲坠。

是的，我确定，我喜欢那个男子。

可是，我确定，我没有勇气北上。

他奋斗着，在艰苦的日子里，偷得一点空闲，唯独给我写了一封信。捧着信，读了一遍又一遍，只记得那信写的都是安好，可那字，是不同笔墨写成的；那纸，有着多处的褶皱的痕迹，这一切，无不渗透着生活的艰辛……

第二百八十六封信，是最后一封信，信里，是他的新的通讯地址。彼时，他已经从满洲里回来，去南方开创了一片新的天地。

信，成了一个时代的省略号，成了一份美好的情怀，成了一帧精粹的标志，也成了，刻骨铭心，一辈子的朱砂痣。

然后，信就变成了电话，电话就变成了QQ，QQ就变成了微信，直到现在，我们都成了芸芸众生中，凡俗的一枚。哪怕是撕心裂肺地思念，亦是在茫茫人海中，成了微微一粒，只是，想来，很惊心，是曼妙，是禅意，是芬芳，是一弯新月如钩，春闺梦里人。

这信，丰饶着我的青春。当然，还有那些意想不到翩翩而至的信。是同伴，是朋友，抑或是身边的人，细细地书写着各自的小情，小调，慢悠悠的日子。

还有给父母的信，总是端端正正写了，一五一十地写了自己的近况，信末会问候父母，也是很正统的那种，而这些话，平日里是无论如何也说不出的。

回家了，见面了，谁也不会提信的事情，彼此都明了着，那样的含蓄，那样的深沉。

整理过来，这样的信，也三百多封。

每一个信封上的邮票，都有着黑黑的邮戳，是时光最有力的佐证。像一把钥匙，带着你，自渡到彼岸，那里，独有伊人，在思，在想，在念。这样的记忆，是绝望的，而绝望，有时候也是一种美，美得心清气明。

那时的日子啊，晃呀晃，在旋转的日子里，终成时光琥珀，在记忆里闪闪发光，温暖动人。

此刻，我在翻着旧信，天在下着雪，我在想着你。

你走，我不送，你来，无论多大的风雨，我都会去迎接你。

恋恋收音机

小院。阳光。蓝天。白云。微风。评书。菜香。

这是秋日一个特别温暖，特别美好的中午。

天，蓝蓝的，清澈见底，一尘不染，碧空如玉……罢了，罢了，恁是什么词语也无法表达了。抬眼，直叫道：好蓝的天，好蓝的天啊……也有白云，翻卷着，以一种仙女的姿态。

小院里，刚刚剥完的玉米，金灿灿一片，它们眯着眼睛，惬意地晒着太阳。太阳的光亮正好，无遮无拦地洒下来，所有角落都是满满的阳光。

堂屋的门开着，阳光毫不吝啬地钻进屋里，正好照在灶台上。灶上热气伴着玉米饼子的香，缓缓地飘散着，恣意开来。当然，阳光里，也能看到微尘在雀跃，看得人那般娴静。

站在小院里，能听到麻雀忽然飞过的声音，也能听到似乎从很远处传来的田野的声音，是天籁。

我们都不说话，默默地在小院里享受着劳动间的片刻安宁。更享受，堂屋传来的评书声音，在天籁里，异常美丽，刘兰芳的《岳飞传》。

那是我们的宝贝，高约十五公分，长约二十公分，厚度大概十公分的收音机。它有着黄色塑料壳的长方体，发出美妙的声音，牵动着我们的神经，为之痴迷，不敢高声语。

下午的任务是去地里拾豆子，相对轻松，便有了这难得的清闲的中午。评书恰是正午十二点开讲，三十分钟。站在阳光里的妈妈和我，晒着抬眼，偶尔相视一笑。爷爷坐在阳光里，微仰着头，眯着眼。爸爸也不说话，轻轻擦拭着他的镰刀……

阳光流转，声音朗朗，温暖的气息在飘逸……

很多年以后，这个镜头总如刚刚发生般，在眼前。

爸爸从城里带回收音机的时候，小村里没有几个。最兴奋的是爷爷，日夜抱着，直到主持人说，明天见，爷爷才恋恋不舍地关上，放在枕头旁边，踏实地睡去。

年三十下午包饺子，爷爷是负责“监工”的，一边监督我们不许乱开玩笑，比如说饺子好看不好看，面多少了之类，都是不允许的，要带着虔诚的心，好好包饺子；一边负责给我们调节收音机。听着收音机包饺子，话自然少了。

给大家拜年啦！收音机里传来这样的声音，妈妈激动了，说：快听，人家都给咱拜年呢！妈妈说的时候，一脸的满足，一脸的幸福。她觉得，能有那么好听的声音，能在北京传来拜年的声音，能有那么有名的人来拜年，太荣幸了。

爷爷也笑了，低低地说：你们说，他们真的跪下拜年吗？可是咱也看不见啊……

我们一阵笑，争论着到底跪还是不跪。

爷爷说：说得这么好，不跪哪行？

妈妈说：话到礼到，人家还能真跪啊？等吃饺子我们给您跪……

我听着，不言语，我也不知道，广播里这些主持人到底会不会跪呢？

那时候，全村不过二三台电视，黑白的。吃完三十年夜饭，我们小孩子急匆匆奔向有电视的人家，去看春节联欢晚会。

午夜，我是狂奔着回家的，告诉正听收音机的爷爷：爷爷，爷爷，他们拜年是不跪的，是作揖拜年的……

小小收音机，给晚年的爷爷带来了无穷的乐趣。即便是后来给他老人家买了电视，他依然爱抱着它。

当然，我也会悄悄地将收音机占为己有。

爷爷去下棋的时候，收音机就放下了，因为体积有点大，带着不方便。我悄悄地把它抱过来，放到炕的一角，趴在它旁边，像一只温顺的小猫，蜷在它身边。拿出作业本，边听边写作业。爷爷爱听戏，我爱听流行歌曲，爱听点播台，期待着一曲又一曲响起。那种感觉，长大之后，却再难以寻到。

还有一个少儿节目叫小喇叭。嘀答嘀，嘀答嘀，小喇叭开始广播了……还有孙敬修爷爷讲故事……

这样的“广播学习”，非但不影响我的成绩，反而让我勇闯全校前三。

所以，当我拿着奖状回家的时候，家里人笑逐颜开的。爷爷也会在我放学的时候，问我：听收音机吗？

当然要啰！不过，大多数时候，还是被妈妈瞪一眼：不许和爷爷争。

尽管如此，有一个时间点，所有人，包括爷爷也是心甘情愿让给爸爸。

听之前，爸爸准备好了纸和笔，坐在桌前，听着收音机里传来的声音：大家好，现在向您播送天气预报……

这就是我可爱的老爸，每天记下天气情况，据此安排好第二天的农活儿。有几回，就是因为有所准备，才使得晾晒的麦子，免遭了暴雨之灾。这事在小小的村庄中传开，都啧啧称赞。邻居们再见了爸爸，总问：老张啊，这两天天气咋样？甚至有人在临睡前，跑来问爸爸。

时间久了，不等别人问，爸爸便自动告诉大家。

其实，当时收音机已经很普及了，老爸不过是多了一份细心，多了一份执着，多了一份爱心而已。

可收音机也有生病的时候。

要么频道调不出来了，要么声音异常之类。舍不得买新的，就悄悄拆开，自己一点点地弄，这样三番五次之后，也有修好的时候。那个欢呼雀跃，好像好朋友远航归来一般。当然，也有前功尽弃，拆成一堆零件的时候。看着七零八落的它们，啪啪掉眼泪……

大人们也理解，吼上几句，只能再买一个。在等待新的收音机来的几天，心里忐忑着，像热恋的少女，一秒一秒地数着时间熬。

来了，来了，终于来了，人，整个又活了过来……

是忽然之间吗？我说不清楚，录音机，电视，手机，MP3……那么多的电子产品铺天盖地而来。想听什么有什么，想看什么有什么，再也不必猜测，再也不必等待。收音机在我的生活里已经越走越远，以至于，都要忘记了。

倒是年迈的父亲，买了精巧的一款，日不离手，宛然成了不可或缺的一部分。每每见了我们，也是很自然的一句：知道明天什么天气吗？

暖心暖肺。

冰糖葫芦

糖葫芦哦，糖葫芦……

冬天，小村安静着，偶尔有人走过，也是急匆匆的，倏地一闪，留不下任何痕迹。依然安静着。

傍晚，炊烟起来了。风，似乎也一动不动了。

小村却开始灵动起来。

有和蔼的老人，骑着自行车，自行车是那种老式的，很厚重。

后座上是一根木头，木头的一端紧紧地绑在自行车上，另一端用麦秸厚厚地包扎起来，用布条捆起来。然后，一串串的糖葫芦就插在上面，晶莹透亮。

小孩子们都等着，一听见这声音，紧着往外跑，边跑边叫：这里呀，糖葫芦，这里呀……

老人听见了，长长地哎一声，停下来，四处张望着。

一会儿，就跑出了几个小孩子，围着老人叽叽喳喳的。

大人们带着围裙，也出来了。笑眯眯看着孩子们围着老人挑挑拣拣的。

糖葫芦，是冬日孩子们上好的零食。

终于商量好了，这个拿个山楂的，那个拿个山药豆的，其实，也就这两种。大人们付了钱，赶着孩子们回家。

孩子们心满意足的，举着糖葫芦。

回到家，当然不能自己吃，一定要先摘一个下来，给爷爷奶奶吃，即使咬不动，含在嘴里，凉凉的，甜甜的，那也是好的。再然后，给爸爸妈妈……最后，才轮着自己慢慢地品。

那时候，我爱极了糖葫芦，那是沁人心脾的家的味道。

长大，离家，来到城市工作生活。冬日临近的时候，小城也开始有了糖葫芦。比小村的糖葫芦要精致得多，除了山楂和山药的，还有绿豆沙、红豆沙、荸荠、西红柿……一个个精神抖擞地立在玻璃箱子里。看着它们，常常想起我的村庄……

村里，有那个高高大大的男孩。

十八岁那年，他只身离家，去遥远的北方打拼。北方有多远呢，远得收到他一封信，都要半个月的时间。

我到小城后，跟他依然保持书信往来。

每次写完信后，我就掰着手指头，一天天地数收信的日子……

终于，他来信了，说，他要回来了。

心，咚咚地跳啊，日子，怎么可以这么缓慢?

天，冷得把声音也冻住了，小城也异样地安静。

火车站，轰隆隆的声音，单调枯燥地响着，我站到广场上，直盯着那个出口，等那个人。

来了，他终于来小城看我了。

天，渐渐暗了，走在马路上，任凭风把鼻子冻得僵硬。我扭头，看看他。他低头，看看小小的我，相视一笑。

奋斗的日子是辛苦的。他拉起我的手，他的手很粗糙，是那种辛苦劳作后，才有的痕迹。

心，猛地一缩。偷偷地瞄他，不想让他看见我眼里的潮湿。将手放到他的手心，感触他的温度。

小城很小，不小心，就走了多半个城。

“我们去看电影吧。”他笑着，看我。

“好啊！”我笑着，拉着他的手狂奔。小小的城，充满了暖暖的快乐。

电影院里的人，稀稀疏疏，随意挑选一个位置就可以坐下来。坐好了，喘几口气，平静下来，盯着大屏幕，你看我，我看你，傻眼了——竟然是成人生理教育片。

“走吧？”我低低地叫他，想必我的脸，也是红透了，刚刚还冻得不行，此刻，却发烫得很。

“走！”他坚定的一句话，我俩落荒而逃。

出了门，哈哈大笑起来，只知道去看电影，却没问演什么影片，稀里糊涂进去，慌慌张张出来。

懵懂冲动的青春。

寂静的大街上，只有我们的影子长长地铺洒下来，路灯也寂寞着。

糖葫芦！

像发现新大陆一样，我仰起脸，看他："你看，糖葫芦！"

"馋丫头，买去！"他笑眯眯看我，我一点头，拉起他的手，就跑。

这是马路的一个拐角，一辆三轮车，上面是木头玻璃架子，木头显然已经很久，刷过的乳白的漆，斑驳着。玻璃很干净。

呀，这糖葫芦可真大啊！一粒粒山楂，红红的，凉凉的，我的鼻尖几乎都要贴到玻璃上了，一点点看它们静默的样子。

老板戴着厚厚的帽子，穿着厚厚的棉衣，朗声地问："要哪一个呀？酸酸甜甜，好吃着哩！"

我嗯嗯地答应着，还在看。

"好了，别傻看了，要哪一个？"他拍拍我，笑眯眯地看着我。

大的三块钱，太贵了，中个的一块五，样子不太好。最便宜的是一块的，个头不大，样子倒还好，就要一块的吧。

反复比较之后，我指着一块的，仰起脸说，"就要这个。"

他看我，说："傻样儿！"回头对老板说："您给拿三块的吧！”

我瞪大眼睛，看他，弱弱地说：“多贵呀！”

他笑，不语。我也不语，其实，我也喜欢那大大的山楂，只是，刚刚开始奋斗的我们，一分一厘的钱，都珍惜。

看着大大的山楂，红红的，像老家的炊烟，像妈妈的笑脸，它让我想起了我的家……

接过糖葫芦，我举起来，看它在路灯下发出晶莹的光。

他跟在我身后，看我这个疯丫头举着往前跑，他知道，我爱糖葫芦，爱那个寂静的小村庄……

冷风里，路灯下，马路上，咬一口，沁人的凉，沁人的甜……

他拉过我的手，我们相约一定要好好奋斗。他知道，没他的日子里，我是舍不得那一串冰糖葫芦的。而我，亦知道，没我的日子里，他是怎样的苛求自己，努力打拼。

青春，呼啦啦地飘过，一眨眼，小村里再也没有卖糖葫芦的声音了，也没有了买糖葫芦的小伙伴们。

小村像一个被遗忘的角落，孤寂着……

他，成了那个帅气的成熟男子，成了小村的匆匆过客。也成了我青春里，最浓重的一笔，刻骨铭心。

我，生活在小城，会想起小村，小村里的炊烟，小村里的叫卖声，当然，还有他曾来来去去的身影……

小城的糖葫芦也日益丰富精致起来，草莓的，水果的，花生大豆的……当然，主打都是红红的山楂，平凡着，夺目着，像那晚，一直怦怦驿动的心……

可是，恁是可爱的糖葫芦怎么变换，我却再也没有吃到过那晚，路灯下，沁人心脾的糖葫芦。而那次的电影院之行，也成了生命中的唯一，唯一一次与男孩子进电影院，自此，再也没有进过电影院。

老照片

照相的来了。

小村里的人，陆陆续续跑了出来，大人们给孩子找干净的好看衣服，孩子们东奔西跑着，男孩子找个木头枪，女孩子找朵花，过年似的，准备照相。

找个红砖墙，或者是片野生的蒲葵做背景，工工整整地站好了，听那师傅叫一声：看这儿。

师傅钻到黑布筒子里，咔嚓一声，好了。接下来的日子，便是等待。

等啊，等，等上十天八天的，终于等到师傅骑着自行车来，大家一哄而上，去找自己的照片。照片是黑白的，可每个人的神情表态，都略带僵硬但又满脸欢喜……足够我们美美地谈上些日子。

还记得那张照片，我和妹妹小弟呲着小牙的黑白照。

慢慢长大一点，村里没有了照相的，镇上有了小小的照相馆，吸引着人们。

小伙伴马上要小学毕业了，在某个周日的下午，商量着，我们去照相留个纪念吧。

赶紧打扮自己，找来平日积攒的零花钱。记得那时，我是穿了皮鞋的，所谓皮鞋，其实是皮革的，是当雨鞋来穿的。防止下雨天的时候，湿透鞋子，浸透了脚丫。

骑了自行车，走过坑坑洼洼的五里土路，来到了镇上的照相馆。照相馆里有好看的背景，是用彩色颜料画成的，有花园，有洋房，有紫藤，有大海……

我们选择了紫藤的，紫藤下三个稚嫩的姑娘。

后来看看，觉得幸亏没有选花园洋房，怎么看着，也显得假。而紫藤，是看得见，摸得着，是房前屋后也有，倒也有几分真实的味道。

我们的表情神态自然了许多，毕竟知道照相不再是件神秘的事情。

终于来到镇里上学了，也终于接近了照相馆。但不轻易去的。是要花钱的，总和父母要钱也不好意思。只有特殊的时候，比如老师调离了，同学转学之类的，才会和妈妈要一点钱去照一张。

初中毕业的时候，终于可以名正言顺地来照相了。而且，即使不说，妈妈也会问：要毕业了，照相吗？

听了，心里那个欢喜。

和同学约了，来到野外的麦地里，河边，大树下……总之，我们的背景是大自然，每个人，也不再是僵硬的一个，会站在树后，调皮地笑一个；会在河边撩起一串水花；也会在大路上做一个奔跑的姿势……我最喜欢的是河边的大树下，穿了白色的连衣裙，散开长发，温婉地笑着。我不是漂亮的那一个，但是，绿树，大河，蓝天，白裙，黑发……只觉得那么美，青春洋溢。

一天，我和好朋友晓坤说，我们照张相吧。

她欢喜着，说好。

那时候，她常去天津，总能带回来一些让小镇人倍感稀罕的东西。那天，她回家挑选了几件衣服，拿来领着我去了照相馆，然后我们在麦地里，沟拢边，大树，河边……合影，单人……照了一张又一张。

等停下来的时候，我有点傻了：晓坤，我们照得太多了，得多少钱呀？

没事，你别管了！

我听了，低着头，没再说话。当时，我住校，生活费已经不多了，也不好意思再和妈妈要了。

照片，是在一周之后去取的。当时，我连问的勇气都没有，是晓坤拿着照片送到我的跟前。

她说：你看，多好看啊！每一个我都洗了两张，这是你的那份。

哦，好的，下周回来我给你钱啊。我怯怯地说，底气自然不足。

没事的，不用了。晓坤笑着回到座位上。

周末放学回家，除了生活费，我没和妈妈多要一分钱。但心里想着照片的钱，心里着急。

返校的第一件事，我把钱就给晓坤拿去了。晓坤笑着推开我：不要了，没事的，好朋友不分这些。

我没有再推让，如果给了她，我就没有生活费了。我的小心眼，被晓坤的善良成全了。

但这件事成为我心里的一根刺，总觉得内疚和不安。

慢慢长大，照相不再是件很难的事情，大学里不少人有了傻瓜相机，三五个，闲日里，便可约了去。

有时候，是因为一段好日子；有时候，是因为一个好心情；有时候，是因为一个好天气；还有时候，是因为一个小心思……都可以约了照相。

遇到喜欢的男生，心里怦怦的，总想留个影，可是，怎么照啊？找个因由，约了几个人一起照，嘻嘻哈哈哈着，一路的青春朝气。

照片洗出来了，一拥而上，去看，去品评。当然，会有两个人的单独照，不是很完美，但毕竟是两个人的呀。那眼里，满满的都是羞涩，这羞涩，藏在心窝窝里，只有自己知道。

拿了照片，放在抽屉的最角落，没人的时候，偷偷拿出来，看着，看着，脸就红了……看着，看着，青春就逝去了。

照片也开始五彩缤纷起来，各样相机，手机拍照。照了，不用等待，马上就看，不喜欢，直接删掉。看着满满的随时可以拿到的照片，拿着每时每刻可以拍照的工具，却怎么愈加地怀念那时候的老照片。

是因为那样的认真，那样的等待，那样的庄重。之所以怀念，是因为心在。

煤油灯

长河倚云边，孤灯伴少年，夜雨一枕梦，秋风十万山。

这是老树画的煤油灯配诗。

那时，已经有电灯了，可供电不足，灯，时常黑着。照亮我们的日子的，还是煤油灯。

天渐渐暗下来，妈妈把饭已经做好了：趁着天还没黑透，咱吃饭吧！

妈妈在灶前拿起铁锅的盖子，热气腾腾地就冲了上来，暖暖的饭香飘散开来。我在堂屋中间放好小小的方桌，妹妹开始摆放一个个的小凳子。爷爷从院里洗了手，端坐在桌前。

第一碗饭，自然是要给爷爷的，但爷爷也不急于吃，看着我们收拾好，等着我们都坐下了，拿起筷子，吃起来。

吃着吃着，天就完全暗了下来。

妈妈起身去一边的柜子上，拿来煤油灯，拔下灯罩 ，点上灯芯。

可真亮啊。

小小的堂屋，一下灯火通明起来，把我们的影子，矮矮地映在了灶台上，墙壁上，门框上……

因为我们的个子都比柜子高许多，这时候，谁也不能站起来，一旦站起来，就有半个屋子的光芒被遮住了。所以，吃完饭的，也静坐着，等着慢悠悠的爷爷。顺便拉拉家常，地里的庄稼怎么样了，隔壁的二伯家如何了，妹妹的作业写了多少……

等爷爷放下筷子，我们迅速地站起来，收拾碗筷凳子，各司其职，然后都给灶台留出煤油灯的光，刷锅是要这光的。

堂屋收拾好，妈妈提着灯，我扶着爷爷，一家人进了里屋。我和妹妹在灯的一侧写字，妈妈在灯的一侧纳鞋底，小小的灯光被我们团在了一起。

坐在藤椅上的爷爷，捋着自己的山羊胡，笑眯眯地看着。影子印在墙壁上，是一副黑白剪纸画，颇有几分国画的清雅味道。

我们的笔落在纸上，沙沙的，和着妈妈的纳鞋底的声音短促而有力量，刺啦，刺啦……

妈妈纳完一只鞋底的时候，我们的作业也差不多了，各自离开了煤油灯，屋子一下子敞亮了起来。

妈妈去给爷爷铺床，打洗脚水，我们缠着爷爷讲个故事。爷爷长长地说一声好，然后就开了一小段故事，没听多会儿，爷爷就要睡觉去了，爷爷说，不能熬灯了，太费油。

这样的理由，是容不得任何人拒绝的，我们也只得收拾着，吹了灯，睡觉。

静静的黑夜里，睁着眼睛，听天籁，想故事的结局……什么时候，我才能有自己一盏小小的煤油灯呢？

这个愿望，在六年级的时候，终于实现了。

那时候，要想去镇上读中学，是要参加全乡考试的，如果考不上，就没学上了。谁不想上学呢？拼了命的学啊。

于是，学校里有了晚自习。老师陪着我们学。

灯的问题，只有我们自己解决了，可以点蜡烛，也可以带灯。

蜡烛自然是奢侈的，两毛钱一根蜡烛，一个晚自习就没有了。而两毛钱，是可以买两个练习本，十根铅笔，或者四块奶糖的……

大多数的人，就带了煤油灯。提着小小的煤油灯，走在路上，那个自豪呀，仿佛是提着一路的光明，走向另一个光明。

上课铃响之前，煤油灯是舍不得点上的。这时候，用来聊天，聊老师和同学；说地瓜和跳绳；谈作文和公式……铃声响了，教室里刹那就安静了下来，一盏盏煤油灯，亮起来，忽闪忽闪的，像满天的繁星。

回家路上，小小的煤油灯，是静默的莲花，在我们手里静待花开。

星光下的我们，欢笑着，哼着小曲，清冽冽的，仿佛飘动着的幽兰，一股清香。

路边的大树，黑乎乎的，是浓墨重彩的一笔，轻轻一阵风拂过，唰唰地给我们的小曲伴奏。

恶劣的天气，是不上晚自习的。小小的煤油灯，放在角落里，一言不发，看着它，便是一片怅然。

一家人，依然围坐在大煤油灯前，各做各的事情。

不知道什么原因，有一段时间，我疯狂地爱上了画画，画古代的美女。高耸的云鬓，飘逸的衣衫，好看的脸蛋，弯弯的眉毛，樱桃的小口……我实在是太爱了。

下了晚自习，或者写完作业。我一遍遍地向妈妈申请，多点一会儿灯吧，我想画画。

妈妈笑，问我：你喜欢？

嗯，嗯，我实在是欢喜。

妈妈笑着点点头。

答应了，妈妈竟然答应了。

妈妈照顾好爷爷和小妹，坐在一旁，继续纳着鞋底。偶尔，抬头看看我，看看我的画。

我没有任何范本，也没有老师，只能从历史书上翻看有古代女子的图片，照着样子，加上自己的想象画。

白白的纸上，是铅笔轻轻的印迹，然后再一点点地描摹，修改。不知不觉，已是午夜，小妹睡着的均匀呼吸声，异常的清晰。

妈妈轻轻提醒我，太晚了，明天还上学呢！

我点点头，说，快了，快了！

画画，在那个物质贫乏的年代，是一件多么无用奢侈不务正业的事情，可妈妈，却一直陪着我。

放下笔，看妈妈，妈妈笑了，说，看你。

赶紧照照镜子，呀，眉毛睫毛上长长的一层黑，仿佛化了浓妆似的。那是趴在煤油灯前太久，煤油燃烧的黑烟。

我嘿嘿一笑，赶紧去洗，赶紧吹灯，赶紧睡。

这样的画画持续了好久，当然，笔下的女子也越来越美了。妈妈不懂画，但偶尔也会说，这样或者那样是不是更好啊。妈妈的心，是欢喜的。

可那段时间，妈妈买来的煤油，也没得异常快。

我终究是个没有艺术细胞的女子，到底还是把画美女的事情放到了脑后。

很久以后，和妈妈说起那段画画的日子，我问妈妈：日子那么苦，煤油那么贵，而我画画根本没有长远打算，不过一时兴起，您怎么就同意了呢？

妈妈笑了，说：喜欢比煤油贵！

喜欢比煤油贵。谢谢您，妈妈。

煤油灯，在那一个个夜晚里，隐匿着温暖，于日后，亦是悄无声息地用于生活。

它叫我们内心丰富，波澜不惊。它叫我们清醒自知，不惧不忧。它叫我们脚踏实地，喜乐安稳。

如今，电灯亮了，我们也越走越快，在光亮里，像风一样自由，天地如此广阔。而故乡，总在记忆里，煤油灯，也一直亮着，映照着我的脸，时常闪着一片赤红。

画片儿

“依稀往梦似曾见，心内波澜现……”熟悉的旋律刚一响起来，我们就沸腾了，跑到街心的小广场上，去看“蓉儿”。

《射雕英雄传》就像魔咒一般，让我们爱上了那个有着两颗可爱虎牙的黄蓉。

叽叽喳喳争吵着，她到底哪里好。然而，到底说不出来。争相着跑到村南的小铺子里。

小铺子，不大，是间民房，房子的主人是个戴眼镜的叔叔，腿有些跛，但这并不妨碍他每周去城里，给我们带来很多新鲜的玩意儿。

诸如彩色的铅笔，散着香味的橡皮，有着好看封皮的笔记本……然而，这些都不是重要的，重要的是他那些美丽的小画片儿。

画片儿有单张的，往往是一套，十二张，每月一张的样子。讲究一点的，还会在画片儿的背后有一个小小的日历。我们自然不会在乎日历如何，我们在乎的是画片儿上的内容。单张画片儿大小不一，是时下流行的人物或者卡通。可以买其中一张，也可以买整套的。但几乎没有人买整套的，太贵了，零花钱，是不那么容易来的。

画片儿还有连环的，窄窄的，长长的一张，可以像小扇子一样折叠起来，印着图画，也是分了十二栏。有的栏下，还有文字的注释。有的便仿佛在讲一个完整的故事了。这样的质量似乎不如单张的好，画面勉强能看清楚，而价格却是让人动心的。所以常常忍不住，买了它。

买回来的画片儿宝贝一样珍藏着，放到铅笔盒或者书包最隐蔽的地方。下课了，又忍不住掏出来，有意无意地向同学们炫耀：看，看，我这个多好……

长长一张的，在书包里放久了，会摩擦的，有些人会把它们分剪成一小张一小张的分开保存，我舍不得剪，回家，一长条贴在床头，睁眼闭眼之间，朝圣一般看看，那样地浑身舒畅。

旧的画片儿看腻了，就忍不住再跑到小铺子里，一张张翻看，蓉儿呢？蓉儿呢……

果然又有新的，你一张，我一张地抢在手里，每一张都喜欢，每一张都爱，可是，钱呢？

放下这个，拿起那个，几次三番，挑一张最喜欢的买回去。

心里却是不甘心，要是有一套多好，她的每一个笑脸都能看见。实现不了的，就和同学商量，你买这张，我买那张，互相交换着看，可好?

瞬间达成同盟，大家都长长舒一口气。

我没有过多地买单张大画片儿，只在攒了一些零钱之后，买一张长长的小画片儿过下瘾。

这画片儿上，有翁美玲，有张瑜，有米雪……每一个都美而笑意盈盈。回家贴在桌前的墙壁上，写作业的时候，忍不住抬头看看，好像它们能给我无穷动力。

我的后桌，有个叫文的女孩，家里就这一个女孩，受宠的很。她的画片儿，是班里最多，最全的。书桌上，常常摊了一桌子。下了课，同学们一拥而上，围着桌子看。一张张评论着，有着莫大的满足。

文也是满足的，她站在桌角一旁，看着同学们欢天喜地，说：看吧，看吧!

上课铃声响了，同学们才恋恋不舍地散去。

文收拾起画片儿，放在她的文具盒里，等待着下一轮的参观。

偶尔，发现文的画片儿里有晴雯，有宝玉……哈，整整一个《红楼梦》嘛。一阵欢喜，一张张看来，一个人物一个人物地了解着，看着美人，读着美字，真是上等的享受。

可是，文的画片儿里《红楼梦》的并不多，不过七八张的样子。但是，看了，心里便总是想着的了。

悄悄去小铺子里，翻着画片儿箱里一张张的画片儿，寻找红楼梦中人，但到底是没有。

铺子里的叔叔看出了几分端倪，这个丫头，总是来，总是看，怎么什么都不买呢？

叔叔的发问，让我红了脸，不好意思地告诉叔叔，想看《红楼梦》……

叔叔哈哈一笑，能看懂吗？

我笑笑，不知说什么好，赶紧跑了。

但还是忍不住去，虽然有时什么都看不到，但心里是安慰的，总有一丝期待在其中。

同学们的画片儿各有不同，不知什么时候开始，流行起置换画片儿。你的三张，换我的两张，或者我的一张，换你的一张……这样，很多不完整的，竟然完整了起来。

小小的画片儿，在班里像花一样开放了。

然后，“生意”也来了。

那些被视为珍宝的画片儿，被一些同学拿来开始“拍”。

就是将画片儿放在地上，用手在旁侧拍，如果拍翻背，好，这张画片儿就属于谁了。

这样一来，就不用去交换了，只要有足够的技巧，足够的耐力，总会有机会赢回喜欢的画片儿，无本万利的好生意啊。

单张的画片儿都勇往直前地参战了，连环的画片儿还好，安静地在书包里静默着，或者，依旧贴在床头。

于是，便常常看到，同学们手里总是握着厚薄不一的画片儿，而画片儿也沾染了尘。

但它依然是美妙的，每个人脸上都带着微笑，不仅仅胜利的欢愉，还有欣赏画面时的无限欢喜，那样的享受。

日子是单调的，物质是贫乏的，然而，画片儿是饱满的，精神是富足的。

虽然，不过是几岁、十几岁懵懂的孩子，但却在画片儿里，感知美，欣赏美，争取美，在纯净的时光里，向着一个个的美好奔跑。

多年以后，那些画片儿，在时光里尘封，但仍仿佛是一种迷恋，早让人忘掉了它的来，它的去。偶尔，在翻找旧物时，不小心翻出个一张、两张来，便突然觉得像是和春天重逢了，舒心一笑，满心温暖。

大白兔奶糖

七岁的时候，奶奶带我去邻居家看客人，听说，那是从京城来的。

走之前，奶奶拿起一块好看的花布，红红的，上面有两只鸟，相依相偎，奶奶说，那叫鸳鸯。

到了邻居家才知道，是那家在京城工作的儿子回家结婚了。

奶奶们寒暄着，我看着一屋子的喜气腾腾，还有一盘子的花生瓜子，中间散淡着几粒糖果。

邻家奶奶看到了静静的我，拿起一粒糖，塞到我手里，说："喏，闺女，尝尝，可甜了，大白兔！"

我不好意思地笑着，接过来，滑滑的纸张，仿佛涂着油脂一般。那上面，是一只兔子，灵动的眼睛，微笑的小嘴，跃起的小腿，还有翘翘的小尾巴……它怎么可以这么可爱？

我翻过糖纸一看，上面写着：大白兔。

剥开糖纸，是一层乳白色的透明纸，包着一块圆柱形淡黄色的糖块。我犹豫着，这乳白色的纸，能吃吗？抬头看看说话的奶奶，想问。但不好打断她们的话，就斗胆吃了下去。

那纸落到嘴里，立刻融化了，有点黏，清淡淡的。后来，我知道，那叫米纸。

再把圆柱体放到嘴里，呀，真香！

我把糖纸仔细叠了放进包里，继续享受嘴里的奶糖。

我从来没有吃过这么好吃的糖，醇醇的奶香味，虽然，那时没喝过传说中的牛奶，但我相信，那一定是奶的味道，绵绵的，软软的，滑过喉咙，直抵心脏。

那糖，在嘴里上翻，下翻，成了黏稠的膏状，粘在牙齿上，用舌头一点点挑起来，再嚼，再咽下。

荡气回肠！

京城的东西，果然不一样。

跟着奶奶回家。奶奶问："丫头啊，吃糖了吧？好吃吗？"

我使劲点点头，说："好吃，奶奶，可甜了……"

"嗯，是呢，听说那奶糖，可好吃了……"

"您没吃过吗？奶奶？"

"没呢……"奶奶拉着手我的手笑。

我看看奶奶，不知道说什么，忽然觉得鼻酸，紧接着又开始懊恼自己吃得太快，应该给奶奶留下半颗。

不久，我要上学了。背上的小书包是奶奶缝的，还绣了一朵好看的梅花。

去学校的路上，要经过一个很小的小卖店。同学们去里面买作业本，买铅笔，还有人买糖吃。

我也走进去，从这边到那边，一点点仔细看，走到糖果摊旁，停住了，花花绿绿的，真好看。

我瞪大了眼睛仔细看，怎么不见大白兔奶糖呢？

放学回家，我把书包放到一边，悄悄掀开床上的一角，从底下拿出一个盒子，打开，里面是我叠得整整齐齐的那张大白兔糖纸。

那糖纸，蓝白相间，像秋天的天空，大白兔，奔跑在天空上。

我看了看，记住了大白兔的样子，叠起来，放下。仿佛完成了一项重要的任务。

放学的时候，又去小卖店，找了半天也没找到。

我以为，自己记错了大白兔的样子，怯怯地问："阿姨，有大白兔吗？"

阿姨笑，说哪里有，太贵了，一毛钱一块呢！

一毛钱？天哪，可以买四块水果糖呢！我稳稳不停跳动的小心脏，问阿姨，能在哪里买到呢？

阿姨想想说，差不多县城里有吧！

县城，那么远，自己怎么去呢？

我噢一声，低着头回家去。

一毛钱，自己可以攒的。五分钱一个作业本，如果把作业本的反正面都写了字，就可以省下一半来呢，这样的话，买两个本就可以当四个本用，正好是一毛钱。

这样算好了，自然开心，欢天喜地地回家去。

作业写得更整齐了，更紧密了。老师同学们都表扬我，说我是个认真仔细的好孩子。我听了，红着脸低头。

一天，同桌小豆说，要和爸爸去县城看二姑。我听了，赶紧问："那你能给我带点东西来吗？"

小豆笑，当然可以。带什么？

我给他一毛钱，说，你给我带一块大白兔奶糖吧。

小豆头一仰，说，当然可以，但是，要给我路费哦！不多，一毛。

我咬咬嘴唇，沉吟片刻，说好。

第二天，我给了小豆两毛钱。

没几天，小豆真的给我带回了一块大白兔。我拿着大白兔，飞快地往家跑。跑到门口，忽地站住了，要是奶奶问，糖是从哪儿来的，怎么说呢？

我为难了。

把大白兔攥到手里，慢吞吞地回到自己屋子里。觉得手心都出了汗，大白兔一下子变得好软……

我拿着大白兔，放到书包的角落里，不说话。

日子一点点地过，大白兔安静地在书包里躺着。可是这不是长久之策，我抱着书包，走在路上，看树，树上的叶子掉了，看河，河里的水也不流了。

吃掉大白兔！我被自己的决定也吓了一跳。

但还是走到大树下，掏出了大白兔。剥开纸，闻一闻，好香。到底还是舍不得啊，轻轻咬了一口，剩下的半块又包起来，回家。

一进家门，妈妈就问，看见柜子上的一毛钱了吗，得去小卖店里打点醋。我一慌，说，没，没有……匆匆往屋子走。

知女莫如母。我从来没有这么慌乱过，妈妈感觉不对劲，一把拉住我，让我看着她。

我抬起头，但是不敢看妈妈的眼睛。妈妈问：钱，你拿了？

我摇头，摇着，使劲摇着，就想哭。

“好，告诉妈妈，你拿去干什么了？说出来，没事儿……”

“我，我，我买大白兔了……”我终于哇的一声哭了出来，似乎是受了委屈之后惊天动地地宣泄。

啪！妈妈的巴掌也打了过去。

“偷着拿钱，买吃的……为什么不和妈妈说，怎么去偷呢？”妈妈怒了。

我号啕着，不是因为脸火辣辣的疼，是因为说出了这个秘密，心里好轻松。更因为，可以把剩下的半块糖，理所当然地给奶奶吃了。

妈妈知道了事情的来龙去脉，搂着我说，“好孩子，你这么孝顺，多好！但是，咱不能偷啊，无论是谁的东西，也不能偷啊！”

“我知道了，妈妈，我改还不行吗？我改……”躲在妈妈怀里，直感觉好温暖。

我给奶奶去送那半块糖，奶奶只咬了一点点，说，好香。

晚上，我睡在奶奶身边，看着奶奶那满脸的笑，我慢慢地落下泪来。向左边侧躺着的时候，右边的眼泪，可以流到左边的眼睛里，有点咸，有点甜，淡淡的，有点大白兔的味道。

妈妈纳的千层底

冬天的太阳，慢吞吞地爬起来。

妈妈把箱子搬到太阳下，一点点拿出里面的宝贝，各种各样大大小小的布头，它们紧紧地粘在一起，有些，竟然长出了灰色的细毛。

这些家伙，是妈妈用一年的时间积攒下来。妈妈将它们分开，平整干净的，晾晒起来，其余的统统放到水里清洗。

趁着它们晒太阳的空儿，妈妈找一块木板，用水冲洗干净，也放在太阳下晒。

晒了一天太阳的布头和木板，第二天，都干净清爽。

此时，妈妈从灶间端出一盆黏稠的东西，那是早上喝剩下的玉米粥，是她故意多做的，就为今天做准备。

妈妈把木板搭在两个木凳上，在木板上涂一层粥，铺一张纸，然后再一层粥。接着把大块的布头，先铺在木板上，然后一层粥，再一层布头……如此反复，直到感觉厚度够了，就可以了。把木板抬到窗台下，或者墙根旁，反正，只要是能晒着太阳的就好。

直到它们变得干硬，透彻，布板就大功告成了。

这样晾晒的时间大概两三天，吃饭没有桌子，我们就随便端着碗吃去了。

当哧啦一下，把那布板揭下来的时候，仿佛完成的一幅画，这样的布板，是为千层底的布鞋做准备的。

先是鞋底的样子，是有鞋号的，大人小孩，一应俱全。在布板上，合理裁剪，几乎没有一点浪费的地方。

一双鞋底，大概需要六七层，也或者四五层，每一个边，用白布包起来，细细缝了。然后，再将他们粘在一起，继续晒太阳。

这次，就没有那么快了，要好几天才能彻底风干。

等到完全干透了，便开始纳鞋底。

妈妈会用一个叫作铁锥子（木棍上固定着一根很粗的铁针）的家伙，扎在鞋底上，有一个小小的椭圆的洞，再用小针引线传过来。

纳鞋底，是需要力气的，针扎，拉线，一下，又一下……

寂静的夜里，妈妈手里的针线，哧啦，哧啦……有节奏地响起，落下，落下，响起。

真的是千针万线。

每个人纳出的鞋底也是不一样的，有的就是简单的排列，有的，可以纳出各种图形，煞是好看。

接下来，做鞋帮，就容易多了。按着纸剪下来的鞋样子，剪下来就好。

鞋样，也是多种多样的。要是谁家得到了新的样子，都借来看看，描下来，做上一双试试。

剪下来的，要粘上一层好看的布面，这样就掩盖了各色布头的杂乱，好看。

等鞋面干了，再包边，一般包边都是白色的，显得洁净。

将鞋帮和鞋底缝合在一起，是千层底的最后一道工序。缝合的好不好，是一眼就能看出来的，而且还关乎着穿得是否舒服。

每个冬天，就是千层底棉鞋诞生的季节。

穿着这样的鞋，舒舒服服。直穿到去城里读书。

但到了城里，我突然怯了。城里的鞋子太好看了，皮鞋，运动鞋，胶底鞋……眼花缭乱。看看脚下的千层底，忽然感到一阵自卑，竟然不敢向前了。

放假回家，和妈妈聊起学校的事情。

无意中说到鞋子，我说，同学们的球鞋可真漂亮！

妈妈似乎怔了一下，说：是呀？你觉得谁的鞋子好看啊！

兰儿的那个好看，还有红边边呢！我自顾自地说着。

哦。妈妈答应一声，不说话。

开学前一天，妈妈去了镇上，回来的时候，递给我一双雪白的球鞋。

我一惊，怎么会买了新鞋子呢？那么贵的一双鞋子，可以够家里一周的生活费了。

妈妈笑着说，带着吧。

开学的时候，妈妈送我去学校。恰巧碰到兰儿。

妈妈一指兰儿：看，你说的是，这样的鞋子吧？

我低头，看着笑，使劲点点头，说是。

妈妈看了看，也点头，微笑。

虽然妈妈买的球鞋不如兰儿的好看，但我还是舍不得穿，只有集体活动的时候，才拿出来穿上。毕竟这些年，我几乎只有千层底可以穿，这种外来的洋派鞋子，我很少。

一天上课的时候，老师说妈妈来看我了。

我飞奔到传达室，看到妈妈拿着一个袋子，袋子里是一双运动鞋。

那运动鞋是白色的底子，粉色的包边，在鞋面上，还有两条粉色的装饰线。和兰儿的鞋子，几乎一模一样。

妈妈看着我，说：试一试，我想着兰儿的鞋子，给你做的，看合适不？

秋天，是家里很忙的日子，秋天，不是做鞋的季节。我突然觉得鼻子发酸。

拿着鞋，回到宿舍。它那么安静地躺在我的手里，暖暖的，有一种阳光的味道，还有棉絮的味道，扑鼻而来。穿上它，大小合适，绵软适中。

我正发呆呢，兰儿一步走了进来，看到我脚上的鞋子，惊呼：你买了？

我摇摇头，说，妈妈做的。

兰儿惊讶了："天底下竟然有这么巧的妈妈？太神奇了！我们一直羡慕你脚上的千层底呢……"

我听着，有点诧异，一直认为的见不得世面的千层底，竟然是他们眼里的宝贝。

再次放假回家，我开心地给妈妈讲千层底的事情，那双鞋子，放在宿舍窗台上，引来好多同学的羡慕。

妈妈笑着说，其实啊，妈妈知道，你是喜欢那球鞋的，可是知道它贵，不好意思和妈妈说，所以妈妈买给了你……你觉得自己做的鞋子不好看，怕被被人瞧不起，是吧？妈妈的声音低低的，仿佛春日的风从耳边滑过。

我听着，忽然红了脸，低下头，不语。

妈妈拍拍我的肩头，柔柔地说：没事，孩子，只要你踏踏实实往前走，你永远是堂堂正正那一个，没有谁会看不起你……

我使劲点点头，眼眶湿润。

这样的千针万线，是爱，是暖，是希望，是母亲对孩子最深沉的爱怜。

那些年，那些小人书

翻开这些小人书，是在一个有雪的日子。搬出箱子，打开，长的，方的，一本本，都不大。

小人书有手绘的，黑白线条。比如，那个《三打白骨精》，大小只有现在中学课本的三分之一，封皮是彩色的，里面一张张都是画成的。那孙悟空的金箍棒，白骨精的裙带，每一个线条都清晰可见。在这一页的图纸下面，是一行，或者两行密密的字，简洁明快地交代着故事的情节。

每一页，我和朋友们都会仔细看，即便能背下那两行字，依然会津津有味地回想每一个情节。这样自然还是不够，空闲时候，会找出白色的纸张，照着葫芦画瓢，一点点地描下孙悟空，或者白骨精。当然没有小人书上的生动，却是自有一种欢喜在心头。

时间久了，描下的一张张，竟然也可以装订成册了。这自制的小人书，别有一番风味，分外珍惜。

还有一种黑白照片的小人书。就是把已经拍过的电影，一张张剪辑下来，印刷成黑白照片的样子，画面清晰，明朗，逼真。看着它们，似乎每个人的动作，情绪，都直抵心间了。

每一本小人书，都是每一个人的命根子。谁要是拥有更多的小人书，谁就是王者。

而我的王者，是我的小表姑。

小表姑大我十一岁，因为弟妹多，家里负担重，早早地退了学，帮着父母做家务，后来，又去村里的小加工厂上班了。

小表姑喜欢读书，自己挣钱后，除了补贴家用，自己一点点从牙缝里往外挤。每逢有去镇上的人，她就托人家给带本小人书回来。

这样，她就拥有两个纸箱的小人书，我看着，羡慕得不行，天天缠着小表姑：借我一本吧，借我一本吧！

小表姑当然会借给我，但是约法三章：一必须保存完整；二不许借给他人，三按时归还。

好。我一口答应下来，这太简单，一定能做到。可是，小表姑太“吝啬”了，每次，她只借给我一本，而且，只借给我两天。

这两天里，我要上学，做作业，还要帮爸爸妈妈做家务，看的时间太少了呀。

没办法，我还是得遵守诺言，不然的话，就没有第二次了。

《三国演义》《渔夫和金鱼》《西厢记》《红楼梦》……故事情节都弱化了，简单了，三言两语就能看清楚，可是，却尽可以在画面里，想着每一个的声音，情态，那样看着他们的欢喜，有着无与伦比的满足。

那时的我们，都会千方百计地去找小人书来看，不是一时兴起，是真心地喜欢。每一本的情节，也便记得分外清楚。

三五个人，凑在一起，你说张飞，我说宝玉，你说悟空，我说林冲……每个人，都讲得眉飞色舞，每个人都仰叹不已。

我不是拥有小人书最多的，但因为有小表姑的赞助，我成了知道故事最多的那一个。然而，这一切，却因为《小金鱼》

阻障了我的小人书旅程。

《小金鱼》是张瑜主演的一部电影，被剪辑印刷成小人书，分为上下两册。我先从小表姑那里借来了上册。一个晚上的时间，我就看完了，因为想知道故事结局，便急着要和小表姑要下册。

正好，邻居芳来，看了，非常喜欢，她尤其喜欢里面姐姐的扮演者张瑜。年轻，漂亮，笑得那么好看。

芳说，多好看，咱留下吧。

不行！我果断拒绝，“我要按时还给小表姑的，不然，就没有下一次了……”

芳低头看看手里的《小金鱼》，咬咬嘴唇，递到我手里，不声不响。

我们一起去找小表姑换书吧！我并没有注意到芳的表情，拉着她就走。

路上，静悄悄的，我们俩像赴一场美丽的约会，脚步亦是轻快的。

小表姑见我们来了，不待我说，呵呵笑，拿出下册，递给我们，叮嘱我们慢慢看不着急，路上要小心。

我把书紧紧地抱在怀里，急急地往回走，想快点看。

我们俩猜想着故事的结局，各自说着自己的想象。

到了我家门口，芳没有进来，说，你先看吧，明天我再看。

我笑着说，好，明天吧。

进屋，钻进被窝，把小人书放在枕头上，看着封皮上，推着自行车的张瑜，回眸一笑，我也笑，久久舍不得打开。像要完成一个仪式。

故事终于看完了，满足地关灯，闭眼，回想着每一个情节，真好。

第二天，芳来了。我把《小金鱼》递给她说，你看吧，看完了，去小表姑那里换书哦。

芳低低地应了一声，拿着书走了。

第三天，还书的日子到了。我在家里写着作业，等着芳。

作业写完了，天也黑了，晚饭也吃过了，月亮都升起来了，芳怎么还不来呢？

我开始焦急，不知所措，担心着什么。

芳到底是没来，我听着时钟的嘀嘀嗒嗒，一点点地数着时间，不知道什么时候迷迷糊糊地睡去了。

激灵一下子醒来，书呢？

书，没有，天，亮了。

我匆匆往芳的家里去。芳见了我，低头害羞的样子，怯怯地说，对不起，我把《小金鱼》弄丢了。

天哪，怎么可以？

我看着芳，揍她的心都有了，但到底没有。

怎么办？书是没法借了，我也没办法去见小表姑了……泪，一串串流下来。我低着头，默默往回走。

再也不敢去小表姑那里了，看了她都远远地躲开。

一天放学，正好看到小表姑匆匆忙忙往工厂去。见了我，小表姑招呼，《小金鱼》看完了，怎么不换书了？

哦，还没……没看完呢……我答应一声，逃似的跑了。

书别丢了就行，那是一套呢……身后，传来小表姑的叮嘱。

我使劲地跑，我没有书啊！

我跑到芳家里，不说话，跟着芳。她去哪里，我去哪里，她问话，我只一句，书呢？

芳低头，也不说，只顾忙她的。

一天，两天，三天……芳不说话，我也不说话。然后，我决定和芳绝交。

我相信，《小金鱼》就在她那里，因为她喜欢张瑜。

之后我再也不敢找小表姑借书，内心满满的全是愧疚。

那是一段没有小人书的日子，我的天空，天天下着雨。

不知什么时候，小表姑竟然要准备结婚了，听妈妈说，她什么陪嫁都没要，就要了那两箱子小人书。

我去看穿上新娘妆的小表姑。小表姑见了我说，那些小人书，好好保存着，姑没文化，也只能看看它们呢！

小表姑轻轻叹了一口气，接着说，姑不是舍不得给你们看，是怕你们损坏了，没法看呢。以后，只要你们喜欢看，就来拿。只是少了一本《小金鱼》不全了呢……

我的心，狂跳着，不知要说什么好。虽然小表姑和我约法三章，但始终没有责问我《小金鱼》的下落。

我跳下床，要去找芳。

回头，芳站在门口，手里紧紧攥着那本书，塞在小表姑手里，扭头就跑。

小表姑一怔，看看我，似乎明白了什么，笑了，快去，告诉芳，没事儿……

我看看小表姑，叫一声，姑，眼泪唰地流下来……

小人书，是少年，亦是繁花，它将那样的贫瘠时光，化成了一道丰盛的序曲，在人生的长河里，潋滟生光。

后来，读书的种类，读书的桌子，读书的茶台，读书的座椅，读书的场地……慢慢地丰富起来，读书的每一个刹那，都仿佛是时光滋养的花枝，慢慢开出耀眼的花来。

多年以后，到底还是因为这书，生出了一些灵性，鲜亮了人生。

蓦然回首，一路走来的读书时光，在阳光丽日里，散发着温暖，生动，可爱，亲切。一纸一片，在呼啦啦的青春里，依然于素色中呈现着夺目的光芒，素手拈花，好似故人来。

这好玩的读书往事，想想就笑意盎然，关乎经脉，关乎底气，怎不值得终生记忆？

好一条时髦的喇叭裤

小时候村里的大喇叭，每天清晨就开始欢快起来，要么是几首民间曲子，要么是各地新闻联播，要么是村主任在呼叫着，发布一个什么消息……

大喇叭，真的像一朵盛开的喇叭花。

可是，这个喇叭花，却在那年盛开在了人们的脚腕……它就是喇叭裤。

裤子的小腿肚以上，是瘦瘦的，紧紧包着腿，腿部的弧线争锋毕露，到了脚踝处，肥肥大大的，四散开，走着，呼呼带风的样子，真的宛如脚底下盛开了一朵喇叭花。

如果是高挑的女子和男子穿了，再加一件漂亮的上衣，走在路上，简直是妙不可言。

但那时，父母并不允许孩子们这么穿，尤其是女孩子，更是不能。

看那腿，瘦的，把腿都包起来了，多难看，还有脚底下，这么拖拖拉拉的，怎么干活……父辈们的千声叮咛，万声嘱咐，如临大敌般。

更有甚者说，谁要是穿了喇叭裤，就是不正经，就是女特务。

那时候，电影里的女特务都是都是洋气的，漂亮的，有着非凡的本领，似乎都不是光彩的角色。一条喇叭裤，就把一个女孩打入这样的行列，到底并不是人人都敢试一试的。

再说，那时，人们的审美标准就是——健康，大气，懂事，朴素……总之，越安静越平淡越好。

我虽然心里欢喜，也跃跃欲试，却只能怯怯地远观，徒流口水。看着一朵朵的花，开过来，开过去。

也有胆子大的。省吃俭用，千方百计，一点点攒了钱，去镇上买一条。当然不敢穿，偷偷藏着。等到走出家门，找个无人之处，匆匆换下来。

哈，神清气爽，飘飘然，仿佛春天里，枝头的一朵花，粲然开成自己想要的样子。

当然，这时候，最好不要遇到家里人，否则会遭殃的。

穿得次数也不能太多，那样难免会遇到一二熟人，传到父母那里，依然会“大难临头”的。

不是所有的事情，都可以如想象般圆满。这样的“大难临头”，来了，来到邻家哥哥彭路身边。

彭路身材高挑儿，一脸清秀的模样。更重要的是成绩好，顺顺利利地考去上海的大学。他，成了村里的模范标本，成了每家教育孩子的必修课本。

而这样的模范标本，在一个繁茂的夏季，摇摇欲坠。

暑假放假，彭路收拾行囊回村。下了班车，他拖着行李，一步步往家里走。这一路，都是乡里乡亲啊，他热情地打着招呼，那么亲切，那么暖。

我们这群小屁孩，从村口就一直跟在他后面，三三两两，一会儿窃窃私语，一会儿“吃吃”痴笑。这是我们表达喜欢的独特方式。

路哥哥偶尔跟我们搭讪几句，一个人，一群屁孩，一前一后，走到了他家院外。刚走进自家院子，就听到伯伯的怒吼，你让他给我滚，他真要是这个样子进家门，我就一顿棍子打死他……

路哥哥站在门口，进也不是，退也不是，我们几个也吓得不敢吱声，跑也不是，留也不是。

他犹豫张望着的时候，伯母出来了，拉着他，退到一边，儿啊，你快去换衣服，你爸爸听说你穿成这样，不干了……

路哥哥一脸疑惑，我们则一下子便明白了，他穿了喇叭裤啊。

路哥哥想和伯母理论，却被伯母抢先说，你还没进门呢，就有人说你是穿着喇叭裤回来的，你爹就急了，说裹得屁股圆圆的，哪里像个正经人……

路哥哥哭笑不得，我要告诉爸爸，这叫时髦，也是文化，和人正经不正经，没关系……

说完路哥哥进了院子，伯母也赶紧跟了进去。

我们几个在外面向里张望，还没来得及分析状况，就听到伯父的怒吼，你滚，不换衣服，就滚！

接着就看见路哥哥从院子里跑了出来，后面是拿着棍子的伯父。我们几个见状吓得立刻作鸟兽散。

路哥哥因为喇叭裤，和爸爸干架的事情，很快在村子里就传开了。

那句“可得向彭路哥哥学习，考到大上海，多好”，换成了“天哪，可别像彭路似的，考上学就变坏了”……

几个月后，路哥哥又成了小村里的热门人物：彭路上电视了，穿着喇叭裤，戴着墨镜，可不得了……

但伯父却不高兴，这哪里是上大学啊，简直是花花公子啊，造孽啊……

那个暑假，路哥哥没在家里继续待下去，把比赛的奖金放下，走了。

村里人蓦地叹息，好好的一个孩子，怎么就变成坏孩子了呢。

自此，人们就更加敏感着飘逸的喇叭裤了。所有的激情飞扬，所有的青春美丽，再不和喇叭裤相关。

日子慢慢过，彭路的消息若有若无，他的爸爸妈妈，也低着头匆匆走在大街小巷。

一天，忽然有人说，彭路考上北大的研究生了，还有了一个漂亮的女朋友……

研究生？可是个新名词，很厉害的了吧？而且还去了北京大学，真是了不得啊！

人们想起上了电视的他，想起他的墨镜，想起他的喇叭裤。

原来，彭路这孩子没变坏呀……人们长长地舒了一口气。看来，喇叭裤和人变坏，没有关系！彭路的爸爸妈妈脸上终于有了久违的笑容。

更奇妙的是，周围的喇叭裤，悄无声息地渐渐多起来，老人们看了，摇摇头，笑，说：看把那腿包的……然后，摆摆手，随他们去。

那时候，一场俏丽，也是要几经周折的，时光里的刹那，岁月忽已过。

而今，只要你愿意，无论你穿成什么样子，大可放心，时代待你不薄，总会以最隆重的生活方式款待你。

我们也曾穿过高级定制

现在，高级定制似乎成为时装里的最顶端，有时候看看那些高定的画册，突然就会笑出声来，这件衣服、那条裙子20年前我妈就给我做过！

小时候，我最喜欢做的一件事之一，就是坐在缝纫机边，仰着脸看妈妈做衣裳。哒哒，哒哒哒哒……时快时慢，是欢快的小夜曲，此起彼伏地传来，妈妈微笑着，认真地蹬着缝纫机。

缝纫机是个好东西。不工作的时候，就是一个小书桌的模样，底下有个半圆形的箱子，再下面是个脚踏板。只要将中间的木板打开，就能从箱子里掏出一个机器头，上面有圆轮和针头，穿上线，蹬起来，放在针头下的棉布之类，就可以结实地缝合在一起了。

这样缝出的衣服之类，针脚细密匀称，美观，平整，牢固，而且速度快，将手工缝制远远地抛到了后面。

没有缝纫机之前，妈妈给我们缝制一件棉袄，至少要十来天的时间，自从有了这个可爱的家伙，棉衣上有些部分可以直接到缝纫机上做了，一件棉袄，不过三四天，就大功告成了。

妈妈做得满心欢喜，我们等得亦是满心欢喜。

穿着这样的袄，没来由地就通身欢喜，洋溢着说不出的自豪与踏实。

虽然几乎家家都有缝纫机，但并不是每个人都能运用的

好的，要么缝纫机搅线了，要么针脚不匀称了，要么声音异常了……林林总总的问题。

所以，缝制出的衣服也各异了。

夏天，呼啦啦的热。树上的叶子，枝头的花儿，都悄悄低垂了眉，不声不响的在烈日下安静着。这样的午后，人也是静止的。

我的好友，玲来了，笑眯眯推门而进。

哇，简直是一股清新的风啊，整间屋子都爽利起来。

玲有着好看的笑脸，秀气的身姿，穿上一件浅橘色连衣裙，下摆大大的散开，她整个人娇艳着，飘飘欲仙似的。

我当然赞叹，说，从来没有看见过这么好看的裙子……

玲笑，推着我走进屋子，脱下来说，你试一试，肯定也好看，让你妈妈也给你做一件……

我有点不好意思，玲那么好看，我比她矮，比她黑，能行吗？但是，我也实在是喜欢，忍不住玲的怂恿，决定试上一试。

我穿上了玲的裙，玲说，好看，好看，可以做呢！

我怯怯地问，真的呀？

玲使劲点头。

那我得去问妈妈，这么大一块布，得好多钱呢！我说。

玲笑了，这是在集市上买的布头，也不是很贵。

我听了，更加欢喜，妈妈肯定也可以给我做这么一件漂亮的连衣裙。

我穿着玲的裙子，颠颠地跑到妈妈那里，兴奋地问，妈妈，快看，好看吗？玲说，我也可以做一件呢！

妈妈听了，抬起头看，端详一会儿，嗯，真是个漂亮的裙子！

我一听，立刻大喊，您也给我做一件吧！

妈妈看着我笑眯眯地问，你觉得你穿着合适吗？

我一怔，低头再次看啊，看，摸摸这儿，捏捏那儿，好像有点瘦，好像有点长，这个颜色……我犹豫了。

妈妈点点头，你再让玲穿上，你看看。

当玲穿上的时候，果然是自己不一样的感觉。我有点灰心丧气，到底是不好看。

妈妈笑，没事，你要是喜欢这裙，妈妈想个办法，依照玲的做个……

几天后，妈妈带我去集市。来到卖布的地方，好多的布，好多的花色，妈妈带我一点点看过去。我拉着妈妈的衣角，真的太贵了。

妈妈回头笑，说不急，慢慢找。

蓝色底子，印着淡蓝的盛开的花，间或点缀着一点点淡紫色。妈妈摸着它，问我，喜欢吗？

我点点头。

买回布，妈妈借来了玲的裙子，铺在床上，细细琢磨。

看裙子的上身前胸后背的裁剪，看袖子的形状，看裙摆的大小……

妈妈拿出那块蓝色的花布，展开，用一块小小的粉笔，在上面画啊画。

沿着画笔，折叠看看，铺开，擦了，再画……

如此几次三番之后，妈妈把布放了起来，不再动。

我看在眼里，急在心上，妈妈怎么不做了呢？可看着妈妈里里外外地忙，就不好意思再问了。

过了一两天，妈妈又拿出了那蓝色的布，展开，看。用粉笔，描啊描。

我忍不住问，妈妈，怎么还不剪呢？

不能着急的，我看了玲的裙子样式，但是放到你身上是什么样子的呢，我得慢慢琢磨琢磨，再有，你的尺寸和她的也不一样，我得量一量啊……

哦，原来如此，妈妈在想样式呢。

放心了，一心一意等着妈妈给我量尺寸。

终于，妈妈叫过我来，拿着尺子，给我前后的量，修改着布上粉笔的印迹。

然后，妈妈拿过了剪刀，咔哧，咔哧……布，一点点成了方的，长的，不规则的各种各样，厚厚的一小叠。

妈妈拿着它们来到缝纫机前，穿上线，拿过布，一下下蹬起了缝纫机。

断断续续地，缝纫机跑了两天，我的裙子差不多成型了。

穿上裙子，低头看，虽然还有一些边角是粗糙的，但我觉得自己仿佛是朵蓝莲花了……

妈妈也笑，让我脱下来，做最后的修整。

我穿上我的蓝裙子，高高兴兴地去上学，同学们都夸它好漂亮。玲看见了，也赞叹，真的比穿我那件漂亮！

我听了，心里有小小的骄傲在升腾。听课，做题，竟也如行云流水般了。

后来，妈妈还给我做过喇叭裤、背带裙、百褶裙……各种现在高定的优雅款，我小时候真没少穿。

现在，妈妈已满头白发，缝纫机也随着年华渐渐老去。但那曾经的记忆，如一件限量的高定，永远地留在我的心底，那么美，那么近，那么温暖。

第三章　春风十里

少年总是有着大把的时光，和无穷的力量，游走在青春的每一个角落。是疾风烈马，也是暗夜潜行，洒了泪，落了汗，哪怕支离破碎，亦是对世界最深情最纯真的表白。

三月庙

隐隐约约觉得，各地似乎都有赶庙会的风俗。虽然不知道其各个渊源，但有一点似乎是相近的，都是因为那里有一个“神”，是能救世的，是颇受民间敬仰的。于是，在已定的日子里都去拜祭，天长日久，就成了庙会，其实是个小型物资交流会。慢慢地，这也成为一种信仰，安顿着一方百姓的心灵，一辈又一辈地过着素朴安详的生活。

自然，我的记忆里，也不会少这样一个暖融融的庙会。

我的庙会，叫三月庙。

阳春三月，太阳一下子就和蔼起来。房前屋后的树和花儿，都喜洋洋地展开了笑脸。似乎是刹那间，小村就绿意盈盈地热闹起来。

这是个好时候，农忙还没有开始，人们刚刚换下笨重的棉衣，那个激动人心的日子，庙会，轻盈盈来了。

从三月初八开始，到三月十五结束。庙会的地点就在镇中学南边开阔的打麦场里。

下了课，站在操场上，能看到来来往往的人啊，车啊，紧着往那里去。

放了学，走在回家路上，一定要绕道，去看看这庙会前到底是啥样子。此时，也不过是只搭建了一些棚子，棚子里陆陆续续地运进来一些物品，散乱地放着。

这些，就足以让人心激动。不几日，这里将是繁华的一片，吃的，喝的，穿的，戴的，还有书本、农具、杂技表演、搭台唱戏……总之，这庙会，只有你想不到的，绝对没有你找不到的。

路上，我们使劲地议论着，周六日怎么去，去了怎么集合，要去哪些地方。心情，满是忐忑，满是期待，满是兴奋。期待的是一定要到庙会上去走一走，看一看。对于没有走出过小镇的我们，这是见世面的机会。忐忑的是担心家长不同意，庙会离家都不近，又太繁华，怕我们走丢了。

有时候，庙会的日子里会赶不上周六日（那时候，学校里还是五天半的作息时间），这时候，学校里会调节一下，放上半天时间，安排时间让我们去赶庙会，当然，老师会千嘱咐，万叮咛，一定要注意安全，一定要和家长一起去。老师说老师的，心，早飞了。

但无论如何，几乎每个人，都要去的，哪怕只是走上一遭，看看也好。

仿佛是一个神圣的执念，如果不去，这一年，总好像有什么遗憾似的。

周围的各个村子也开始热闹起来，这个去接大姑，那个去接二姨……接来住下，等着庙会正式开始的时候，去听戏，去买些平时舍不得买的可心东西。

最开心的是那些年轻的小伙子们。他们早已有了心上人。定了亲的，一定是要接媳妇来住上一些天的，平时哪里有机会在一起呢。此刻，借着庙会的机会，和心上人一起光明正大的去逛逛庙会，给媳妇买上一两件新衣服。没定亲的，也借着赶庙会的机会，去看看心上人去没去，看见了，自然是一阵欢喜，看不见，也不急，七天的时间呢，总会遇见。

我那时，常常和爷爷去。

爷爷爱听戏，他领着我，穿过村子，找一条细细的田间小路，会比大路近很多，一步步走到镇上去。平时小路上走的人并不多，此刻，却多了起来。大家边走，边笑，边聊，都是三里村五里店的，即使不认识，也是熟悉多年的样子，一样的乡土气息。

终于到了，爷爷带我来到戏台。戏台是用方砖垒起来的，上面搭了棚子，周围红绸缎、绿绸缎飘扬着，上面还有一条横幅：河北梆子剧团。

有时候，也会是京剧之类的。戏台上铺了厚厚的红毯子，等待着它的主人。戏台前面的一角，是块村里人自制的黑板，上面写着上演的曲目。

戏台下面，是一排排的座位。那座位，就是排排的圆木头，砍倒的大树，整理了零枝碎叶，稍微砍掉一点圆，便稳稳地躺在那里了。来的人，便自找个座位，等着开演。

那时，我不喜欢咿咿呀呀地唱，慢悠悠地，真急人。可爷爷喜欢，一脸淡然地坐下，捋着下巴上的胡须，告诉我几时回来，他会一直在这里等我。

这时，我开心得不行，终于自由了，同学们早在指定的地方等我呢。拿着大人给的一元钱。开始我的庙会之旅了。

戏台和庙会之间隔着一条马路，越过马路，就来到了庙会买卖的主打区域。它长约有二里地的样子，宽也有一里地。人们自觉地分成了服装区、杂货区、农具区、食品区、表演区……人真多，一片欢声笑语。带小孩的，用不着担心孩子找不着，看不到的时候，只要大声招呼，就有人应了。

各种商品，可真多，不知该用什么词语形容。后来，高年级一个大哥哥写作文，被老师拿来在我们班上念，他用了一个词语：琳琅满目。当时，惊呆了，还有这么美的词呢？

后来，又认识了一些字，懂得了一些词，反反复复比较，还是觉得这个词最适合三月庙。

琳琅满目的三月庙！

那时，北方的春天，偶尔也会有风沙，但不会是很大，再说，周围有那么多的榆树、杨树啊，刚刚长出嫩叶。即使有风，带着沙来，也会被它们挡住。

有爱美的女孩子，时尚感强一些的，还会穿了裙子。春风不管那些，会轻轻撩起她们的裙摆，露出里面的秋衣秋裤。一些老人看不惯，但她们也是自顾自美着。也有调皮的小伙子，轻吹一下口哨，从她们身边倏忽而过。女孩们常常羞红了脸，头都不敢抬地匆匆离开。小伙子们便一阵开心地笑。那笑，是纯真的，带着返青麦苗的青青味。但小孩子不会理会这些，手拉手地穿梭在其中。

每一个区域都是要逛一逛的，买不买东西都无所谓。

那花花绿绿的衣服，惹人爱；

那家常用的勺子铲子可真亮；

那爷爷奶奶们编的柳条篮子，滑润润的；

那各种见过的没见过的干果五彩斑斓的；

那木质的铁质的农具傲然地屹立着；

那酸的甜的辣的各色小吃混杂着飘着各种香；

那床上铺的被单盖的各种被子棉花妖娆的美；

看不过来呀，眼看着就要日往西去了，肚子早咕咕叫了。但不急，千挑万选，花上两毛钱，买上五个小笼包，美美的午餐。

然后，我们就到书摊前了，好多的书，新的，旧的，大的，小的……蹲在地上看，一蹲，就是一下午，腿几乎都僵了起来。

总是要买一本的，几个人商量着，各买一本，交换看。书不贵，一毛多钱，或者两毛多钱。然后，每个人拿一本书，揣着剩下的六七毛钱，洋溢着满脸的微笑，带着一个庙会的欢欣回家。

找到爷爷的时候，自然会受到表扬，不仅仅是因为按时归来，还因为不乱花钱，买书了。

第二天，就去上学了。面临着一个艰巨的任务，老师的命题作文：三月庙。

如今想来，那时，我们无非是来一通场面描写，越生动越好。

可是，后来慢慢长大，才知道，那哪里仅仅是场面，还有蓬勃的经济，越来越好的生活，更重要的是暖暖的情，重重的义。

三月庙，霸道地侵占了我的青春。

小学的时候，是为了那香香的包子，好看的图书。

长大的时候，却是因为某个人。

那时，在镇中学读书，男女授受不亲，不说话。可是，三月庙就例外了，这是个情意绵绵的大会，三里村五里店的，难免都会遇到，于是会腼腆地说上一两句，也没人在乎了。

青春的懵懂，在三月庙里愈加的鲜艳起来。谁有心事，也不说的。但眉底眼角，都是的。看似无意，竖着耳朵听，他哪天去庙会。

因为他爱逛庙会，是因为他说过，喜欢那份热气腾腾。

其实，自己本不喜欢这份喧腾的，但因了他是定要去的。

走一走，逛一逛，终于看见了那个熟悉的影子。众里寻他千百度，蓦然回首，那人却在，人声鼎沸处。红着脸，笑着，迎上去，怯怯地打个招呼，各自而去。

小心脏盛满了欢喜。什么也不说，都懂得了。春初已被相思染，这样的三月庙，飘散着韶华几多柔情。

归来的人，都精神饱满着，各自低头学习去，互不惊扰。

青春在这样的三月庙里滚滚走过，没有多余的一句话，也没有花前月下，更没有山盟海誓，青春所有的涌动，就这样暗暗走过。

长大，毕业，离开，常常会想起他，想念三月庙。

请了假，去赶三月庙。却看不见当初的物，当初的人，当初的人欢马叫。

到处都是陌生的，邻家已经年长了的嫂子说，现在条件好了，三月庙就是形式了，好多的年轻人都趁机跑到城里去了。也就剩下一些老人们还去逛逛，听听戏……

心里一阵荒凉。为三月庙，为轰隆隆逝去的青春，为那个始终没有敢表白的他……

时光不管不顾地拉着我们跑，一切都回不去了，留在心底也好，偶尔想想，依然温暖。

翠的戏台

我是在庙会上，第一次看到戏台的。

戏台是用方砖垒砌的一个高高的台子，平日里风吹日晒着，无人问津。春天，庙会要来的时候，有人来整理，换下松动的砖，抹一抹灰土，晾干了，运来长长的檩条，搭起一个高高的棚子……这样一般要搭上三四天，沉寂了一个冬天的人们，在这个春天忽然就兴奋了起来，奔走相告，搭戏台了，搭戏台了……

这样的戏台，不雕梁，不画柱，无彩绸，无锦缎，就这么坦荡荡自然然地矗立着。

有人去看，看了回来便有各种的消息：今天挂上帷帐了，今天要铺毯子了，明天就来戏班了，今年有河北梆子，还有京剧……

点点滴滴，让人们不断地新鲜着，期待着，而戏班子，也果真是提前请到了，在庙会正式开始的前一天，会有一场热身演出。

这样的演出，是非正式的，演员们没有上妆，只穿了戏服，在台上走走。

即便如此，乡亲们依然从四面八方赶来，看有人在台上走，也是开心的。

戏台，总是有空闲的时候，不唱的时候，小孩子们便跑上去。胆子大的，会从戏台的一头跑到另外一头，飞速地，快乐着，觉得是高高的，仿佛所有的人都在看着他。其实也是，台下一排排的各色小板凳或者一根长长的方木上，坐着的人，看着孩子们笑，那笑，都爽朗朗的，带着乡间的气息，有着难得的贞静。胆子小的，躲在帷幔后面，偷偷露出半个脸，羞涩笑着，赶紧缩回去。

小孩子们哪里懂什么戏啊，只觉得好玩，欢天喜地的。平日里家里那么多的活要干，这几天，只要说去听戏，大人们便笑着：去吧，去吧。

庙会正式开始了，戏台上的戏也正式出演了。每天，戏台的一角，都有一个小小的黑板，写着要上演的节目。不知道戏唱的是什么，但那些名字足以美到心里了：锁麟囊、贵妃醉酒、霸王别姬、花为媒、打金枝……

上午一场，下午一场，有时候，晚上还会有一场。我们最喜欢的是晚上这一场，趁着夜色，偷偷跑到戏台不远的田野里，你掏一把瓜子，我拿几块水果糖……都是家里这几天给的零花钱，在戏台周围的杂物摊上买来，凑一起，趁着月朗星稀，风清气明，慢慢吃。

远处，隐隐约约传来戏台上的锣鼓喧天，或者是偶尔一声高吼，还夹杂着人们时断时续的叫好声。春天的风，慢慢掠过，我们谁也不说话，只感觉这么美。一辈子都不会忘掉。

估计时间差不多了，赶紧匆匆往回跑，去找带我们来的家人，要是散戏的时候看不到我们，肯定会挨揍的。这个时候，我们大多会安静地看一会儿戏，即便看不懂，也要认真看，争取下次还让家里人带着来。

这几分钟，也真的认真看看戏台上的人，他们披红挂绿，转眼一笑，转眼一怒，转眼又是一脸平静。看得人心，一颤一颤的。

爷爷说好，戏唱到这个份儿上才是好。唱戏，要的就是这个好。别看在台上这一会儿啊，他们在台下都不知练了多少次，苦着呢。

散场，爷爷拉着我的手，去后台看。他们卸妆的时候，竟不是端端正正坐着呢，抬抬胳膊，踢踢腿，偶尔还高低起伏地吼上几嗓子。爷爷说，那是练功夫。每个清早，他们都要早早起来，接着练，一年三百六十五天，一天也不能停……

戏曲唱上两三天的时候，乡亲们便和演员们熟悉了。休息的时候，有乡亲抱着孩子去后台，请化妆师给孩子上个妆，男孩子大多爱画个包公，哪怕是黑黑的，看着，就觉得威武十足，仿佛自己是顶天立地忠厚刚强的那一个。女孩子大多涂些胭脂，抹个红唇，描道黑眉毛，水灵灵的，也欢天喜地着。

村里自然还有爱唱戏的人，忙里偷闲去和这些专业演员请教一番。他们学得认真，如饥似渴的，好不容易有这样的机会，很珍惜。演员们也说得仔细，笑眯眯地一点点说。久了，有演员带着村里的人，台上走一圈，也颇有几分情致。

戏团和主办方开始商议，来一场联合演出吧。所谓联合演出，其实是给劳累的演员们一个休憩的机会。抽出半天时间，让村里的爱戏的人，穿上他们的戏服，上了妆，也登上戏台，正经八百地唱上一出。

自然大家都欢喜。

村里有爱唱戏的女子翠，生得漂亮，虽然是两个孩子的妈妈，平日里唱起来，就颇有几分韵味。如今上了妆，加之专业演员的指点，真真是迷煞个人。

她上了台，唱了戏，这一唱，竟如此地惊天动地。台下的乡亲鼓掌叫好。知道的是民间女子一个，不知道的，定以为是哪里的角儿，怎么那么好？

下了台的翠，忽然没了神采，蔫蔫的回到了家。她，是迷上了戏台。

家里的事，胡乱地忙一阵，独自在院子里唱：过往的君子听我言……可是，她到底要说什么呢？

她开始见缝插针地不停地往戏台跑，躲在帷幕后，一遍遍地听，听得双眼放光。直到，那个年轻的男子与她对唱起来，她又成了精神抖擞的那一个。

庙会结束的时候，戏团延迟一天，也收拾行囊，拉着戏箱走了。

顷刻之间，戏台上的帷幕没有了，地毯没有了，木架也没有了。只剩下一个高高的砖台，继续在风里落寂着。偶尔，会有调皮的孩子，跑上跑下，玩耍着。没有人觉得那刚刚还是流光锦绣的一片。不过几日，便又是灰土满台。

翠上地劳作回来，仰着脸，围着戏台，一点点看。我那日正巧在附近玩儿，看着她从一侧的台阶，慢慢走上戏台，放下锄头，抿一下额角短发，望一望已是绿意茫茫无边无尽的田野，兀自唱起来：一霎时把七情俱已味尽，参透了酸辛处泪湿衣襟。 我只道铁富贵一生铸定，又谁知人生数顷刻分明。想当年我也曾撒娇使性，到今朝哪怕我不信前尘。这也是老天爷一番教训，他叫我收余恨、免娇嗔、且自新、改性情、休恋逝水、苦海回身、早悟兰因……

孤寂的声音，在空旷的戏台上那样苍白无力，似一缕青烟，缥缈缈的。而眼睛里透出的光，坚定，刚毅，执着。

一段罢了，她低下头，怔怔的，人似枯萎的花，所有的神采，都无影无踪。翠弯腰扛起锄头走下来。

翠原本生意盎然的小院子，莫名地多了许久叹息。她那个高大憨憨的丈夫，默默地在院子里收拾着农具。

再过几日，翠就消失在这个院子里了。只有那个高大的男人，带着一双儿女沉默着，劳作着……

我们小孩子不懂事，问大人，翠婶婶呢？

大人们便挥手，让我们玩去，并不回答。

再过些日子，麦子黄了。翠回来了，满面红光的。小院里又有了欢声笑语，但那个高大的男人，独自一人时，神情仍是凝重的。

割了麦，收了秋。女人走了，说是学戏去了。

渐渐地，翠的儿女大了，却都不再提妈妈。再后来，翠到底是没有回来，她和男人离了婚，去找那个唱戏的男子了。

戏台还是那样蒙尘立在风风雨雨中。每每春季三月庙，戏团还在那个台上唱。看戏的人不再蜂拥，小孩子们也不再去后台化妆，晚场的灯照没了星月……那个高大的男人，站在戏台下的人群角落，拄着杖，一个人看戏。

猎猎西风，一切都去了，唯独戏台，一动不动，细数着这人世的悲欢离合。还有田野的风，吹啊吹，吹得记忆也染了泪痕……

偷红薯

初秋的季节，到处充满着丰收的味道。

太阳的脾气终于小了许多，慢慢地放下性子，即便中午的时候偶尔瞪瞪眼睛，也是片刻即逝。

放了学，时间还早，爸爸妈妈交代的任务是去地里，挑一些野菜，或者打一些草来，满足一下鸡、羊的胃口。

回家放下书包，背着筐子出发了，三五个人，嘻嘻哈哈，一路走来一路采。乡间小路旁恣意的草，还有开着的花，在微风里轻轻摇曳着。

男孩子看见狗尾巴草，拔一把，打个旋，随手丢到远远的田沟里。女孩子，采一朵牵牛花或者蒲公英，插到筐子上抑或是发梢，飞一朵红云在脸颊，哈哈地笑……

野菜和野草都是好找的，地垄旁，田沟里，池塘边，闲散地块中……不大工夫，小小筐子就满了。但并不急于回家。天还亮着，尚早，总要是找个空闲玩耍的。

男孩子眼色一使，把女孩子叫过来，将筐子集中放到池塘边大树下的平地上，叮嘱着：好好看着！

女孩子相视一笑，懂得！

男孩子走了，女孩子四处找来一些干树枝，干草叶，堆积到一起。然后拿着小镰刀，一下下挖一个小洞，似乎是万事俱备了，怎么还不见他们来？

四处张望着，刚才大声地叽叽喳喳，一下子安静了下来，可不能让地里干活的乡亲听见。

终于来了！

看他们，猫着腰，抱着一个草包，扑通一下，调到草筐中间，把那些东西放下来。

其实不过三五个玉米，几块红薯罢了。

女孩子小声地，嘁嘁喳喳地议论着。剥开玉米，哈，好新鲜啊！粒粒金黄，像一个个的小宝石，排列整齐。

红薯还没熟透的样子吧，皮也是嫩嫩的，但是，那个男孩子说，没问题，一定是黄心的，好吃着呢！

放了树枝，把红薯放到里面。不知哪个有心的孩子带了火柴，所以，点火的问题，就不必担心了。

火点起来，慢慢地燃。围着火堆，一点点地放进去细小的干枝，旺了，再放……终于火苗红红了。

把新鲜的玉米插上新鲜的树枝，拿着，放到火上烤。

火苗烤红了我们的脸，也烤香了玉米，那醇醇的香气，刹那就溢出来，飘散开来。

赶紧添柴，祈祷着，快熟吧，快熟吧……

金黄的玉米，慢慢有了黑色。匆匆忙忙将火苗按压下去，让余温，去温热下面的红薯。

拿了玉米，轻轻咬一口，哈，烫，甜，香！

有时候，里面还有一点点的软，是没熟透的，但没有关系，那香，是浸透到骨髓里的。

天色渐渐暗了下来，有乡人陆续地回家。吆喝一声自家的孩子，抑或是一起来的同伴，那憨憨的声音，在旷野里悠长而踏实。

会听到有人笑着问，哪里的香？

几个人，你看我，我看你，抿着嘴地笑，不出声。

即便如此，亦是逃不过大人们的眼睛：哈，你们这帮家伙，谁家的孩子？在这里烧玉米呢！安全吗？火弄灭了吗……

一连串地问着，就来了。

那个羞愧啊，男孩子嘿嘿笑，女孩使劲地往下低头，恨不能一下子就无影无踪。

但不必怕的，大人们哈哈笑着，看看没有什么隐患，自顾离开了。还有脾气好的长辈，会说：去地里掰玉米没事，别糟蹋了乱了就行啊！

吐吐舌头，做个鬼脸，笑。赶紧回家吧。这么回家也是不甘心的，跑到地里，再掰上几个玉米，再扯一把豆子，放在草筐底下，让草掩盖了，回家。

路上，是怕人看见的。似乎遇到每一个人，都在冲我们微笑，每一个微笑都似乎看透了我们的小小伎俩。

筐子在后背重重的，压弯了腰，汗水慢慢浸透了打着补丁的衣衫，脚下深一下，浅一下，亦是都不觉得苦。

家里的烟囱，有细细的烟在缭绕着，是灶台上做熟饭后留下的余柴，在慢慢燃着。

一进门，放下筐子，翻出草底下的玉米，直奔灶间，把它们埋在星星点点透着火星的灰烬里，只待饭后小憩时，掏出那玉米，打打牙祭，简直是妙不可言。

可是，在这之前，是必要受大人们的一顿“劈头盖脸”的：庄稼还没熟实成呢，怎么就糟蹋了？这不是作孽吗？以后，要再敢这样，看我不敲断你的腿……

默不作声躲到一边去，心里暗暗不平，邻家小二也偷咱家的玉米了，你咋不说？

但到底是不敢出声……

慢慢地，一点点长大，一点点愈走愈远，那些玉米、红薯，在记忆里时不时地波涌着。家乡的田地里，庄稼亦是分外的好，而烤玉米、烧红薯，似乎也愈来愈远。

某个时刻，偷了闲，带了烤架，择一处小草萋萋，烤啊，烤，却怎么也烤不出当年的味道。

买年画

小孩小孩你别馋，过了腊八就是年。小孩小孩你别闹，过了腊八买鞭炮……老人们准备着年货，笑嘻嘻地和孩子们说着这儿歌。

放了假，农活少，自然是欢天喜地地，这个腊月，注定就要为过年做准备。购置年货的问题，小孩子是没有参与的权利的，但是有一样，大人们常会笑着问：喜欢哪一个？

这让小孩子发表意见的，当然是年画。

土屋已经被打扫干净，墙壁泛着土黄的光，窗棂上重新贴了白纸，仿佛一个长大的女子，总是要添件新衣的。这新衣，便是年画，是要郑重贴到墙上的。

挑选年画，亦是件庄重的事情。

去镇上的集市，从一头到一头，一点点走过，看每一个摊位。每个摊位都是各有特色的。

年画大多是手工绘制的，印刷的极少。

有各种吉祥物的，大多有狮子、老虎、仙鹤、凤凰等，花朵以莲花和牡丹居多，与此同时，还要配上摇钱树、聚宝盆等，某一侧写着各种吉祥如意的话。这样的年画，一定是要有一张的。

送吉祥的还有神话里的人物，比如送子观音。如果是新婚的人家，总是要买上这样的一幅，或者是一个好看的胖娃娃，扎着朝天阙，饱满灵动的样子。

也有胖娃娃抱着鲤鱼、寿桃之类，一片祥和福寿之态。

小孩子最喜欢的是那些活泼可爱的生活类年画，大树下，田地旁，男孩拿着红缨枪，意气风发的样子，还有一片池塘边，成群的鸭子在欢叫着，也有金黄的稻田，在阳光下闪着熠熠光辉。

土屋贴上画，立刻多了许多的喜庆、许多的明媚，仿佛是春天，一屋子的春枝花满。

当然，年画还有一个更圆满的甜蜜，那就是新结婚的男女，总是要在新房里贴上这么一两张的，喜庆祝福，未来一并在这画里彰显无遗。哪怕简陋的屋子，简陋的家什，亦是一起闪着美妙的光，散着生动的香。

画，是一个家里温暖的存在，是一个家里一年美好的希望，是一个家里精神的图腾。

我很喜欢那带着美人的年画。

是古代的女子，绫罗绣缎，锦绣飘逸，高高挽着发髻，低眉垂睑，绯红的面庞，恍若桃花。那样的古意，有着说不出的美，仿佛是虚幻的人，却又明明在眼前。

但买这样年画的人，真的不多。怯怯和大人说了，也是说，等等看。

到底还是等来了，妈妈说，买吧。

欢喜地跑到集市上，一遍遍地看，一张张地比较，到底要哪一个，哪一个才是最美，哪一个才能满足所有的美丽想象。

选好了，抱在怀里，飞奔回家，按捺住怦怦跳的小心脏，我要把她贴到床头。

偶尔闲暇，约了三五小伙伴去玩。东家看看，西家望望，每一家墙上的画，都是不一样的，每家都有每家的风格，然而，吉祥如意、出门见喜、平安福寿……都是必不可少的。像我这样的美女图，就显得有点另类了，这另类，吸引了众多伙伴的眼球。小小的心，有怯怯的自得。

于是，夜晚，寂静无声，这样的夜晚，适合慢慢享受。

点了蜡烛，找来纸张，一遍遍地照着那美人画，期待有一天，我也能下笔如有神，画出许多的美女。

妈妈不声不响，陪着我，偶尔拨一下灯芯。

偶然一日，看蒲松龄的《聊斋》，急急地对妈妈说：您看，咱这画上的美女，要是能走下来，帮咱干活，还那么漂亮，多好啊！

妈妈笑着说，可能吗？

我嘿嘿一笑，想想嘛！

看看妈妈贴的年画，仿佛看到一个个美好的期冀，在父辈粗糙的大手里，黑红的脸膛里，慢慢开出花来。

当土屋慢慢被砖瓦房代替，淡黄的土墙被素白的石灰墙所代替，年画也悄然发生了改变。

虽然，它从当初的单一，进化成各种缤纷绚丽，而墙上，却少了几许当初的烟火味。

药铺

一个六岁的小姑娘，走路才刚刚利索。而这个小女孩各项身体机能又是如此正常。是不是有点奇怪？原来，这个小女孩，抵抗力极弱，总爱感冒，总爱打针，以致于臀部上出现了两个硬疙瘩，很疼，所以走路也受到了影响，到六岁才能独立前行。

这个小女孩，就是我，自然我和药铺也便有了一些渊源。

药铺，在我的老家，其实就是一个小型的医院，集卖药、看病于一体，头疼脑热的，不是什么大病，基本上就都可以解决了。

那时，我八九岁，小村的黄昏，像一副静默的画，暖洋洋地铺洒开来。屋顶上，慢悠悠地飘出了烟，调皮地笼罩了屋后的大树，浓绿的叶子，躲也躲不开了，尽管当作霓裳，轻轻舞蹈了起来。

绿叶中，自然有一群叽叽喳喳地鸟，不管不顾地欢唱着。它们聚集在一起，偶尔会啄上几粒粮食。乡里人也不和它恼，顶多吼上几句：又来糟蹋粮食了，快走……顺便挥一挥衣袖。它们便腾地飞走了。

放了学的孩子，有在家帮大人做点什么，有在门前空地玩耍的，有搬个凳子蹲在大树下写作业的，有的在跟偷吃的鸟儿们较劲……唯独我，不是这些中的一个。

我要回家拿一盒针剂，小心抱着，穿过胡同，穿过村中小路，来到药铺打针。

那盒针剂是妈妈已经付完钱的，每天要打一支，怕针剂放在药铺里与其他人混了，便自己拿回来。

药铺在村中小路的东侧，两间房子，一个方方正正的院子，院子里高大的树，树冠几乎覆盖了整个院子，树上树下，都是那些雀儿。

傍晚的时候，药铺里人很多，我就安静地在树下玩，看树，看天，看鸟……偶尔，会有认识的人来了，看到我，笑笑，摸摸我的头，进去了。

我三天两头地来，成了药铺的座上客。和我一般大的孩子，或者比我小的，一进药铺的院子，就开始号啕，而我，每次都笑眯眯地进来。哪怕打针的时候，眼里含了泪，也笑。

药铺的外屋，是一张桌子，靠南边的窗户放着，彼此对坐着两个大夫。实际上是三个，其中一个要轮流休息，回家种地。他们都是赤脚医生，家里上有老下有小，还有几亩田种着。但是，他们从来没有让药铺关过门，按现在的话说来，是真正的二十四小时服务。而且，谁家的孩子小，或者年纪大，不好走路，便上门服务，钱，自然是不多收的。

桌上放着血压表，磨得铮亮，泛着淡淡的青光。处方签，薄薄的一本，没有谁能乱动，那白白的小本，规矩地印刷格子。还有几本厚厚的书，是医学药典之类，书角都磨掉了，形成一个小小的弧度，反倒让这冰冷的东西，多了一丝圆润。最惹眼的是那个白色的铁盘，里面是一根根的针管、针头，被一种白色的液体浸泡着。

那些哭的孩子，大多是因为看大夫要扎他们了，就开始一阵撕心裂肺，不管不顾地哀号。大夫们一般都会等孩子平静一点了，才干脆利落地扎下去，等孩子反应过来，那针管和针头，早已被拆卸开来，放在铁盘里浸泡着了。

外屋里，还有两个长条凳子，来的病人，安静地自觉地坐在那里等待着。不发号，不叫号，没人插队，没人喧哗，一片的安静祥和。当然也有咳嗽得厉害的，或者突然来了急外伤的，打破这样的宁静，每个人也都自动地让出位子来，急者优先。

药铺的里屋，除了医生，还有被医生叫进去打针的人，别人几乎不能进去的。那是重地，屋子一侧是西药架子，另一侧是中药架子。角落里是一张小小的床，是用来给病人打针准备的。进门的旁边，是一张小小的桌子，桌子上仅有一个小算盘，收钱用的。

大夫看完了病，拿了处方笺，去里屋拿药，算好账出来递给病人。有时候，钱会不够，大夫笑笑，说：走吧，下次给。

拿药的人也呵呵一笑：好，记上吧。

于是，每天都有只来送钱，不看病的人。

也有只看病，没有钱的。

那次，有从小村路过的人，忽然跌倒，碰伤了头。村里人遇到了，领着来到药铺，处理了伤口。可是，过路人没带钱啊，大夫们你看我，我看你，没人说什么，你掏一点，我掏一点，对上账，就万事大吉了。毕竟，还是需要钱来买药的。

有钱没钱，药铺都收。

大夫们一般都不穿白大褂，和普通人无异，但他们那种发自内心的气场，却让每个人都信赖着，尊敬着。偶尔，谁家有急诊，回来叫大夫，只在院子里就听到了：大夫，大夫，快去看看吧……

话音还未落，屋子里的大夫就应声了：咋的了？

说着，就赶紧处理手头的事情，回身背起那个长方体的写着红十字的药箱，随着来人匆匆而去。要是在白天，还好。怕的就是深更半夜，有人来叫，亦是二话不说，披衣就去。

也许，正因为如此，小村的人，身体都格外好了。

我喜欢看大夫们匆匆忙忙紧张，然后一脸轻松的样子。说明又一个病例被解决了。

当然，大夫们有时候也会看一些比较隐蔽的“病人”，比如，猪啊、猫之类。这个似乎不太好说，但谁家有了这样的问题，是必定要找大夫的。往往大夫们听了主人的介绍，呵呵一笑，给上几个药粒，叮嘱一下怎么喂给它们，然后一本正经地说：记住啊，别说我给看好的啊！

来的人哈哈大笑，转身离去。大夫们也是自嘲地笑一笑，随他去了。

药铺里偶尔也来几个小孩子，站在门口，眼巴巴地看着大夫们。大夫们忙中看他们一眼，知道怎么回事，但却顾及不上他们。

病人渐渐少了，有大夫冲着门口招呼一声：进来吧！

几个小孩子噌地跑进来，站在桌子旁，很局促的样子。大夫笑笑：一人一个啊！然后，每人得到一个小纸盒，是那种放针剂的长方体的小盒子。

拿到盒子的孩子，欢天喜地地跑了。他们是要拿去当作铅笔盒的，然后粘上一两张花花绿绿的糖纸做点缀，那个喜欢！

大夫们知道会有孩子来要，便在用完了之后，放在箱子里给孩子们留着。药铺，又成了孩子们储存快乐的地方了。

大夫们的饭往往是不及时的，不过也没关系，每每到了吃饭的时候，便会有村里的人，端来几个自己蒸的包子，包的饺子之类。各种药味中，弥散着饭的香，倒也别有一番风味。

那时的我很喜欢药铺，一直暗暗下决心长大后要成为其中的一员。可是，有一天，这个梦，破了。

那天，我拿了针剂去打针。刚来到院子大树下，就听到后面一阵嘈杂，看到一群人抬着一个少年，直奔屋子。我让开路，在后面跟进去。

呀，浑身是血！我远远地看着，直到大夫把少年的伤清理干净，包扎好，我才轻轻松了一口气……

等我再想起自己要打针的时候，我已经是躺在那张打针的床上了。慢慢睁开眼睛，听到大夫和妈妈在议论。

原来，那少年没事，我却晕倒了，这一晕，就是两个多小时。幸亏大夫们发现及时，才没有任何大碍。

大夫说，是晕血。想想，自己看到血并没有害怕呀，怎么会这样？

大夫伯伯笑着说：你呀，吓死个人，脸白白的，不声不响，软绵绵地就躺下了……

妈妈赶来，当即断定，不许学医。

医生梦，灭了，这成了我一辈子的遗憾。

终于，我的身体慢慢强壮起来，而常去的药铺也开始了一次次的搬迁。如今，大夫们规矩了，都穿着雪白的大褂，颇有几分城里的味道。

时尚的镶着瓷砖的房子，宽敞明亮，格局合理。洁白的墙壁上，挂着“新型农村合作医疗须知”“卫生保健”之类。看着它们，隐隐约约记得，那时候，药铺里好像挂了一块“为人民服务”的牌，有点旧，有点尘，泛着一缕悠悠的岁月的光……

走出屋来，去寻树，寻鸟，却不见踪迹。

三道桥

出了村庄不远，有一条浅浅的小河，围绕着小村，是用来疏排雨水的。河上用木头和石头搭起一个小小的桥，那木，几乎要挨上水面了。是它连接起村外的田地，直到外面的世界。美其名曰，一道桥。

过了小桥，是一片碧绿的庄稼，绿得那个透亮，绿得那个好看。穿过这片庄稼，又一条河，是从邻村流过来的，上面有座桥，是完全用红砖垒砌起来的。它比一道桥大许多。美其名曰，二道桥。

继续往前走，会遇到一条更大的河，名叫减河。它源于河北沧县捷地镇的南运河右岸，作为南运河的分流河道，向东北方向迤逦而行，穿过辽阔的原野，一路流向渤海湾。就在这河上，有一座混凝土的石桥，上面有栏杆，雕刻着简单的图画，我们亲切地叫它：三道桥。

去上学，要过这三道桥。一道桥很平，几乎感觉不到它的存在。二道桥有一点点的坡，稍稍用力蹬着自行车就能过。而三道桥有很大的拱，上学路上，我们几个，弓着背，互相鼓励着，使劲蹬着自行车，往往之后男生可以顺利通过，我们几个女生，常常在还有小小的一段距离的时候便坚持不住，下了自行车推上去。

来到桥面上，视野一下子开阔起来，确有把酒临风，其喜洋洋者矣的美丽快感。河里的水，清洌洌的，成片的青草，绿得舒服。两边的垂柳，飘摇着枝条，成片的，像一朵朵深浅不一的云，恋在河边，总不肯离去。

生活是不是也一如这三道桥？慢慢来，用心过，总是会有美好如花的日子款款而来。

先上来的，嬉笑着回头看我们，任自行车慢慢滑行，等我们。然后，一起捏着车闸，下坡，耳边是呼呼的风声，鼻边是清新的空气，口里是快乐的呼吸。

下了三道桥，不过四五分钟的路程，就到了我的中学，它所承载的青春记忆，少年时光，早已深深地刻在了这里，经年不褪。

三道桥，也是我们的聚合点。各村来的学生，大多要经过此桥到校，或者回家。三道桥，也和我的学校一样，陪着我们走过所有的喜怒哀乐。

村里的孩子，踏实，知道唯有学习才能走出脚下的土地，去看外面的世界。成绩排名发下的时候，总有几个人，缓缓地推着自行车，慢慢走上三道桥。没有了往日的说笑打闹，都沉默不语着。

怎么会是突然之间，成绩就变成了这个样子？

自行车安静地立在栏杆边上，等待着。

站在桥上，风徐徐地吹着，看一河水，缓缓地荡漾着波纹。肩头的书包，无力地滑下来，搭在腕上，像犯了错的孩子。

是上课没注意听吗？是练习没做到位吗？是考试太马虎吗……

望着弯弯曲曲远去的河道，一切模糊了起来，冰凉的泪水，在夕阳里发出一丝光。

咬咬唇，走吧，回家吧，太晚了，爸妈会惦记的……

此刻，傍晚的三道桥，像慈祥的老者，收容着我们所有的哀伤。

下了三道桥的坡，心情也在飞驰中再一次升腾起来，下一次，下一次，是重整河山之胜状。

当然，也有暗恋的男生从桥上走过。

于是，便早早地起了床，趁着天黑，赶紧上路。来到三道桥，是不敢上去的。等，等着那个熟悉的身影出现的时候，才呼哧呼哧地上桥，然后，很惊讶的样子：呀，你也来了。

这样的“巧遇”总是令人怦然心动的，脸，也是红红的。但是不怕，都知道上桥是个费劲的事情，脸红出汗，是正常的。

一个上午的心情都是妖娆的，老师的课，怎么那么生动，同学的嬉笑，怎么那么可爱，时间，怎么过得那么快……

放了学，亦是小心翼翼的，来到三道桥，看河，看柳，更是看那个男生的身影，慢慢消失在红彤彤的夕阳里……

尤其，是那个雨后，通往他家的乡村的土路，泥泞得简直是要寸步难行了。自行车塞满了泥，实在推不动了，看在眼里，急在心上，即便通往自己家的路是柏油路，也无法绕行到他家，真真是爱莫能助。

他倒好，不急不慌，连拉带拽把自行车放到河沿柳树下，折下两根柳枝放在上面，背起书包，大踏步走回家去了。

看得直揪着心，看得直瞪着眼……

第二天，更是早早地去了，看看那自行车是否还在，果然，自行车还安稳着，直到他来到车前，笑嘻嘻拽出自行车，才像完成了一项任务般，长长地松了一口气……

这样暖暖的情愫，总是潜滋暗长着，拼了命的学习，生怕考不好，生怕有一天，他会知道，那个怯怯的女孩，是因为他才爱上了三道桥……

日子，在柳绿柳黄中呼呼跑走了。毕业，眨眼而至。

三道桥一下子成了我们最好的背景。桥上，桥下，总是有三三两两的学生，柳树下，草地上，栏杆上，总是有照相的人。

那时候，照相也是一件很奢侈的事情，说尽了好话，把镇上照相馆里的师傅请到三道桥上，然后，再等十几天，才能看到照片。

所以，照相的钱，就可以慢慢地在饭钱里攒了出来……

到底，分别还是来了，无论三道桥多么的坚定，无论我们如何徘徊，无论我们怎么摩挲栏杆，总是要各奔东西的。

最后一次，从学校回来，三道桥上的我们，说着，笑着，聊着，最后，哭着。

离开，分别，自此，也许就是天涯。

多少年以后，忍不住思念，又来到了三道桥。

如今，它已重新翻建，却觉得不再高大，视野也不过如此了，河水缓缓的，草有一点点的污色，柳也老了的样子。

即便这样，它依然是记忆里样子，熠熠生辉，是记忆中的少年时光。

猫

我家养过三只猫。

村里人流传着，不要养猫，猫好吃懒做，谁家有好吃的，就跑到谁家去，是奸臣。可我就喜欢猫，大大的好看眼睛，闪着灵动的光，仿佛有好多的隐秘，它什么都知道，就是不说。

即便如此，依然遮挡不住它的魅力，软糯糯地叫上几声，叫得人心尖痒痒的。

村里人说的也并非没有道理，我家养的第一只猫，就常常跑到别人家去，叫它许久，不见回来。人都要恼了，决定不再找它，它又不知从哪个角落跑了回来。冲着家里人喵喵叫着，忽闪着大眼睛，像承认错误的孩子。

看着它可怜巴巴的样子，吼上两句，也就罢了。然后，把饭食给它，它低下头，闻闻。抬起头，看看我们，低低地轻轻地叫着，和刚回家的样子截然不同，是那种撒娇的样子。眼睛眯成了一条线，轻声轻脚地移开，嗖地跃到床上，不再出声。

妈妈看了，笑：这东西，又不知道跑到谁家去了，看来是吃饱了！

我们听了妈妈的话，一哄而笑，不管它。久了，也不再担心，反正天黑的时候，它肯定是要回家的，因为它要等我入眠。

冬日的夜，静，冷。等我写完作业，已近深夜，钻冷被窝便成了一件痛苦的事情。而有猫儿，就不怕了。

它用小脑袋一点点地拱开一个被角，一点点蹭进去。然后，伸出小脑袋，冲我轻轻地喵一声，是在告诉我，它先进去了。

我一扭头，冲它一笑。它缩一下头，钻到被窝里去了。

等我冰凉的身子钻到被里的时候，它小心翼翼地钻到我的怀里。抱着它，那毛茸茸的一团，如此柔软温暖的存在。很快，冰冷的被窝就变得暖烘烘了。

半夜的时候，猫会悄悄地钻出被窝，蜷成一团，卧在我的枕头旁边，偶尔，还会有轻微的呼噜声，静静地，很安详。

有时候，它也会醒来，然后轻轻地舔我的脸，直到把我痒醒。

当初，讨厌它把我弄醒，伸手拍拍它，继续睡，并不看它。

现在想来，它可能是有心事吧。

传说猫有九条命，历尽千辛万苦，剩下一条命。

偶尔，在某个时刻，我闲下来，便会与它长久地对视，它的眼睛会有泪，但是眼泪并不溢出。

它的心底，可能藏满了心事和秘密，它是自己唯一的知己。

一天，外出的猫儿回来的时候，眼睛不再亮，也不再叫，更不钻我的被窝。一个人，跑到院子的角落，抖动着身子，在呕吐，它不许任何人靠近。

我们去看它，抱它，安慰它，它抖着身子用力地跑，跑到我们追不到它的角落。我们猜测，它在外吃了不该吃的东西。

第二天，在花丛的角落，它蜷缩的身子没了光泽。自此，我的被窝，只有我自己来焐。

好长时间不再养猫，我怕我的眼泪淹没了它的光泽。

直到很久后的一天，婶婶抱来另一只猫，说，没个猫哪行啊，让它叫着，老鼠就不来了。

我们都笑，看它，这是一只可爱的小家伙。白的毛，黄色的毛，黑的毛，拥有这三种花色的猫，是个美男子。

我们叫它花花。

花花很调皮，跑上跑下的，所有它能动的东西，都会被它翻个遍。妈妈常有找不到的小玩意，保准是被它撕扯到某个角落了。

忍不住训斥它，它并不怕，瞪着眼睛凝视着，直到把所有的话都说完了，它才喵地叫一声，回身就走。

那叫，也是不甘心的样子，虽不是大叫，那声音也足以告诉你，我喜欢我愿意，你就拿我没办法。

它走路又轻，又快，但却有一种凛凛然的样子，长得妩媚，却绝不以妩媚示人。

有人来我家玩，看它漂亮，忍不住赞美，忍不住要摸摸。

我赶紧提醒，小心啊！

话音还没落呢，花花就瞪起了眼睛，怒目着陌生的人。凡是不喜欢的，就嗷的一声，抓上几把。

花花跟猫儿不同，它从不往外跑，几乎连院子都不出，每日在房间里，厢房里，院子里，像个斗士似的逡巡着。

忽然一日，花花不见了，我们找遍了每一个角落，甚至围着整个村子走了一遍，也没有任何收获。

夜深了，我们忐忑地躺下，都睡不好，每一个小小的声响，都会忍不住起来看一下，希望那个声音是花花。

但终究，它没有出现，夜静悄悄的，深下去，深下去。然后，天渐渐亮起来……

家里依旧是安静的。一天，两天，三天……

一连几天过去，花花还是没有回来。谁都不说，可谁心里都明白，花花可能遇到了猫儿遇到的事儿。

一周后的中午，我们正在吃饭，隐隐约约听到猫叫的声音，大家嗖地跑到院子里，看到了花花。

它的毛色已经看不出来了，灰突突一片，许多的树叶草刺沾满了身，尾巴硬硬地成了一根小棍子，眼睛布满了眼屎，没有一点神采……

不知道它是历尽了怎样的千辛万难，才回到的家。

我一把抱起它，眼泪流在了它的脸上……

回家后的花花总躺着不动，吃东西也很少。很久之后，才有了神采，但似乎老了些。

自此，花花再也没有离开过我们。而我们，也始终也想不出，它这一生中，唯一的走失，到底是去了哪里，遭遇了什么。

后来，花花很老了。老得一把把的掉毛，它不爱走动了，吃一点东西，就卧在太阳下。然后，就那么睡着了，无声无息，一直睡了下去。

第三只猫，实在是因为对花花的思念。我们从别人家里又抱回一只。这只黑白花的猫，权被我们当作是花花的转世。它聪明，机灵，忠诚，格外让我们欢喜。

它看看我们，喵一声，把老鼠放在垃圾筐旁边，自顾玩去了。

可是，这个家伙，时间不久，就逃亡了。因为爱情。

那是个暖暖的春天，常常有谁家的猫，在我家围墙上叫着，叫得人心痒痒的。

它也被这叫声蛊惑了，自此再也没有回来……

我惦记它，也成全它，便没有去找它，任它去吧，祝福它爱情美满，生活幸福。

虽然心里各种波澜流淌，至今，仍是想要养一只猫。哪怕黑夜是它不变的追寻，只看一眼它眼里那闪着的灵动的光，便足以温暖我的心。

怀念一只狗

村里的人家，几乎每家都会养上一些可爱动物的。比如，为了种地拉货，要养马、牛之类；为了补贴家用养鸡、鸭之类；为了消灭老鼠要养猫，为了看家要养狗……当然，还有一个很重要的原因，如果有了这些东西，一旦有了吃不了要坏掉的饭菜之类，不会浪费掉，给这些家可爱家伙们吃，不心疼的。

我们喜欢小狗小猫之类，但妈妈不让养狗，妈妈说：你爸属狗的，怎么能养狗？！

不能养小狗，这反倒让我们更加喜欢狗了，每每看谁家的小狗，摇摇尾巴晃来晃去的，我们就赶紧上前，去摸，去看。当然，人家狗的主人是一定会叮嘱好的，狗狗最多冲我们叫上几声，然后，就低低地呜呜着，好可爱的样子。

但是，因为妈妈的“戒律”，没人敢说养狗的事，最多在背地里埋怨着妈妈。

也许，心诚则灵吧。

一天，邻居家姑姑一只狗生了宝宝，一共七只。我们天天往那里跑，它们可爱的模样，像磁石一样，牢牢地吸引着我们。

姑姑很犯愁：“唉，这么多的家伙，我怎么照顾你们呀？“

我家几个小孩你看我，我看你，都想着和姑姑说一句：给我们养一只吧！

可是，这话，谁来说呢？谁来说？谁也不敢说……

可姑姑说了：“咦，你们这么喜欢它，养一只吧！”

“我妈妈不让！”我们异口同声地说。

“我和嫂子说去！”姑姑说完，就出去了。

回到家，我们谁也不作声，心里却敲着小鼓，听妈妈要说什么。

“嫂子，和你说个事，我们家小狗太多了，送你一只养吧，你心细，给你养着放心……”姑姑人还没进来，就冲我妈高声叫着。

“是吗？你看我们家合适吗？鸡啊，鸭的……”妈妈有点难为情的样子。

我们的心一下子提上来了。

“没事，小狗不和它们争，它会看家呢，长大了，可听话了……”姑姑继续说。

一番比较之后，妈妈说，那好吧。

太好了，妈妈答应了！

我们几乎要冲出院子，奔向姑姑家了。

小狗很快就来到我们家了。刚刚离开妈妈的小狗，眼神怯怯地看着我们。毛茸茸的一团，蜷缩在蒲草垫子上，看着就让人心生爱怜。

总不能让他这么待在垫子上啊？

我们开始找来纸箱子，给它准备好了窝。找来碗，准备好了吃喝。一切就绪的时候，小狗依然是怕我们的。

我们更加努力的学习，回家后更加努力地帮妈妈干活，目的只有一个，可以多一点时间给小狗。

每每忙完了，我们拿着小碗，放上一点点玉米粥，端到狗狗面前，叫着它，给它吃……

我们天天和狗狗聊天。慢慢地，狗狗的头不再蜷缩了，一点点往外伸，直到它竟然抬起头，来蹭我们的手。太神奇了，小狗狗认识我们了。

妈妈不怎么操心狗狗，想必是看我们操心太多了吧。她只是偶尔提醒我们：你们喂小狗了吗？不要让狗抓着啊……

我们答应着，并不放在心上。小狗那么听我们的话，我们怎么会不喂呢？它又怎么会咬我们呢？

小狗果然是个听话的小可爱。等它晃悠悠能走路的时候，就跃出它的小箱子，来到我们脚底下蹭。我们不在家的时候，它就出去和院子里的小鸡玩，懒洋洋地趴在小鸡们中间，看它们来来回回，叽叽咕咕地啄食吃。

万一来了生人，它也会圆眼瞪大，稚嫩地叫着。但它胆子是太小了，来的人冲它一声吼：叫什么？

它就嗖地跑到一边，低低呜咽着，四处张望着找人，受尽了委屈的样子。

我们见了，哈哈笑，招呼它，它跑过来，看看我们，再看看那个陌生的人。见我们和那人说笑着，便一声不吭地，晃着小尾巴，在我们脚下转两圈，自己悄悄地趴到门口，蜷起身子，竖着耳朵，眨巴着小眼睛，看着院子里的一切。偶尔，会抬一下头，找一找我们在哪里。

长大的狗狗，也不再用我们喂了，把给它的饭食，放在指定的盆里，它自己会去吃，剩下的，依旧在盆里放着，它绝不乱动。

它很规矩地和我们过着日子，自己从来不乱跑。

可那一天，我放学回家，打开门的刹那，没有了狗狗的身影。

我和弟妹们一直叫着，唤着，找遍了每一个它可能去过的角落，它睡觉的箱子……哪儿都没它的身影，它到底去哪里了呢？

扩大范围，房前屋后，街坊邻居，都找，都问，没有任何它的踪迹。

妈妈从地里回来，也加入了找狗狗的队伍。天色越来越黑了，狗狗还没回来……我们的心情都沉到了极点，所有糟糕的结果，汹涌而来。

我们沉默着，谁也不说话。

饭，帮妈妈胡乱做了一点。吃，没滋没味。

第二天上学，闷闷不乐着。和小伙伴有一句没一句地搭着腔。然后，她才知道我的狗狗丢了，她惊讶地说：“昨天是咱村的集市，我看你家的狗狗跟着村西头的阿晓走呢！我还以为你们知道……”

真的？我简直不相信自己的耳朵了。高兴极了。

放了学，我飞一样冲向阿晓的家。

他家院子的门关闭着，透过篱笆门，看到屋子的门也关闭着，没人的样子。我招呼一声，又招呼一声，“婶，家里有人吗？”

静，没有任何人答应。等，等得夕阳渐渐落了下去。还是没有人。我只得回家。

回家和妈妈说，央求妈妈一起去。

桌子上的饭，摆好了，看看脚底下，没有了狗狗来来回回的身影，拿起的筷子，又放下，想哭。

妈妈劝我，吃饭吧，饭总是要吃的呀，明天咱一起去找。

日子真难熬，数着星星看天亮，数着太阳盼落山。从学校回来，拉上妈妈去阿晓家。

阿晓果然在。见我们来了，拉上门，他一个人出来。

我们说明来意，他矢口否认。可是，我们走近门，听得见里面低低地呜咽。是狗狗。

他站在门口，并不让我们进去，只是说没有，没见过什么狗。

我一遍遍求他：哥哥，你把小狗还给我们吧，你要是喜欢，等姑姑家再有了，也给你抱一只来……

阿晓眼神里有一丝丝的慌乱，但是，还是坚持着，没看见。

我的眼泪终于流下来了……

妈妈怎么解释，也没有用，阿晓还是不承认。

没办法，妈妈只好带着我回家了。

进了家门，我不管不顾地放声哭了，泣不成声。

饭，做好了。妈妈拉我坐下说：想必他也是喜欢的，不然为什么总是不承认呢？而且，咱也没有证据就说小狗在人家那里呀，你别伤心了，就当小狗去找小伙伴玩了，好吧……

我还能怎么说，抽噎着点头。

我们和妈妈都没有好好吃饭，谁也吃不下。这种情形，大概持续了一个多星期的时间。狗狗用过的东西，安静地在院子一角静默着，谁也不去提。

我当然不死心，放学的时候，一次次地去阿晓的家。我只看见过一次狗狗，是隔着门，门上有玻璃，狗狗正往上蹿，它的身影，一闪而过……

我叫一声：花儿呀……然后，听见一阵凄厉地叫声，有人打了它。

我再也不敢叫了，怕它再挨打……

后来，再去，一次也没有看见狗狗的身影，也没听到任何声音了。然后，问过好多阿晓的邻居，有的说，看见了，有的说没看见……

心，慢慢地沉寂下来。饭，总也得好好吃了。而记忆里，从不曾忘记，这样一只狗，如同记忆里从不会忘记那个生我养我，贫穷却整洁的家，从不曾忘记。

慢慢长大，看见各种各样可爱的狗狗，愈加想念花儿。那么普通，普通得放到大街上，都不会有人捡的一只狗狗，竟然丢了……村里人说，之所以我家的狗狗丢了，就是因为它干净，伶俐，懂事，招人喜欢……

我想，世间多是如此吧。有些喜欢，是命中注定的，只能喜欢，不能拥有。

我家真的不能养狗。而我家也确实没有再养过狗。

直到现在。

时时会梦到我的花儿，它到门口来迎接我，用头蹭我的手，跟我一起玩耍……

榆树

我家院子里有两株榆树，枝繁叶茂，苍翠得一如慈爱的老人，可是，我不喜欢它们。

每每夏天，知了不停地叫，大有不把全村人叫醒不罢休之势。

斑驳的枝干上，总有一种绿色的小虫子，爬来爬去的，还吐长长的黏黏的丝，一片一片的黏在树干上，不小心就会弄到手上、身上，洗都洗不掉。

当然，我们也有喜欢它的时候，却不是因为树，而是因为它的小榆钱。

春天，老榆树一下子就温柔了起来，浅浅地泛起一层绿，变软的枝条上开始冒出小芽，不几天，就有榆钱了。嫩嫩的榆钱，甜了嘴巴，饱了肚子，乐了心情。

有榆钱的日子，我们搬着凳子，先摘低处的，那嫩嫩的芽，晶莹剔透的，含在嘴里，几乎不用嚼，用舌尖在嘴里翻几个滚，就糯了。甜丝丝的味道，自然就钻到心里去了。

在那个零食稀疏的年代，这小榆钱，便是上等的美味。也有婶婶大娘，会招呼孩子：弄点榆钱来，给你做糊饼。

听到这，更是欢欣。大人们用榆钱拌了玉米面，加一点点盐，如果奢侈一点，还会加糖，然后用水和成糊糊，放在锅里，摊成薄薄的一层，香香的、甜甜的、脆脆的。

我们眼巴巴地看着，等着出锅。糊饼就要熟的时候，香气从灶间一点点飘出来，不大工夫，糊饼出锅了。圆圆的，金黄中有点点嫩绿，很容易让人想到，池塘里闪动着的夕阳的余晖。

掰一点，放到嘴里，慢慢地嚼，舍不得咽下，沁入心脾的香。

低处的榆钱摘完了，就有灵活的小伙伴，攀到高处。爬不上去的，在树下，仰着头，眼巴巴地看着他们，脖子都仰疼了，也不会放弃。只待他们折下一枝，扔到树下。我们赶紧捡起来，撸下榆钱，使劲往嘴巴里塞，直到小嘴都有点绿有点黑的时候，才罢休。

树上的人，看着自是哈哈大笑。他们不急，坐在树杈上，挑拣自己爱吃的嫩嫩的芽。

这样的日子注定不会太长，几天的工夫，小小榆钱，就变成了嫩嫩的叶子。

然后，天就热了，知了就来了，虫子也伸着腰来了。

我们一哄而散。

剪花的奶奶，纳鞋底的妈妈，串门子的婶婶大娘们来了。她们搬着板凳，拿着这样那样的活儿，在树下，一坐就是一个上午，她们低低细语着，不知在说些什么，一派平和。

时间一点点地过去，那些纸花、鞋底，也有了大概模样。偶尔，也会有谁说着说着，竟抹起了眼泪。这必定是和自己的先生或者公婆什么的有了小摩擦。没关系的，小小的热潮起来了，是分析，是劝解，三言两语，宽胸释怀。所有的不快，自然是不会很久的，中午做饭的时候，就都笑嘻嘻地散开了。

下午，依然还会有这么多的人。也许会有几个不同的人。是张家的婶子没来，或者李家的嫂子来了，谁走，谁来，谁都不奇怪，每个人心里都明镜似的，要么谁家地里的草该锄了，要么是在家里忙活计。

太阳稍稍偏西的时候，会有放了学的小孩子们，叫着：妈，妈。跑到树下来，眼巴巴地瞅。

妈妈笑着，起身，来，写作业吧。她早给孩子们准备好了小桌子。

孩子们听话，拿出铅笔盒、作业本，坐在小板凳上写起来。

妈妈们时不时看一眼，有一句没一句地说：把字写好了哦。

小孩子们不抬头，话也不说，都认真写。一遍不行，两遍，橡皮嚓嚓的声音都听得见。

榆树不声不响，长密了的叶子舒张着。当夕阳斜斜地撒在榆树尖尖的树叶上的时候，小孩子的作业也差不多了，收拾起来，跟在妈妈的后面，一跳一跳地回家了。

老榆树的恬淡，和妈妈一样温柔。

她们走了，妈妈要收拾起所有的小板凳，扫干净树下星星点点的枝枝叶叶，当然，还有一些烟头。

暑假，老榆树下的人更多了，多了放假的孩子们，他们跑着，跳着，唱着。没有电视，没有电脑，他们也有自己的无限乐趣。

一天，我跟着妈妈下地，看见小叔用镰刀刨蚂蚁的洞。

我围了过去，兴致勃勃。忽然，我看见了一只大蚂蚁跑向另外一个地方。我抬起头，大叫：小叔，跑了……

话音还没落，小叔的镰刀就下来了，真巧，正好落在我的眼眶上。

只一阵钻心地疼，热乎乎的眼前就红彤彤黑糊糊一片了。

啊……来人啊……我听到人们一阵骚乱。然后，我听见了妈妈的声音，她抱起了我。我的耳边生风了，我在妈妈温暖的怀里飞了起来。

妈妈，我想睡觉……

好孩子，别，别睡啊，一会儿就到家了，一会儿啊……妈妈呼哧呼哧的。我迷迷糊糊的，也不知多长时间，我们好像来到了村边池塘边，妈妈给我洗了一把脸……再然后，我就坐到榆树下了。

后来，听大人们说，我失血过多，休克了。妈妈不停地叫我，我才没有彻底昏迷过去。

之后去医院包扎了伤口，幸好没有伤到眼球。但到底是受了伤，包了厚厚的纱布，人也变得昏昏沉沉的。

之后的日子，每个人都自由地行走，只有我必须每日坐在老榆树下休息。

我用一只眼睛，看着老榆树。

婶子大娘们来了，聊聊天，聊聊地，夸夸我的乖；好吃的也来了，糕点，奶糖，自家蒸的馍馍，都很香；小伙伴也来了，和我也分外地好。还有小叔，打着乘凉的名义，给我带个烤蚂蚱，要么是个柳枝口哨，要么是个野花环……

眼眶的疼，悄无声息地淡了，轻了……

老榆树的叶子轻轻地摇，像哼着一曲古老的歌谣。

知了还在叫，小虫还在爬。一下子，忽然之间啊，老榆树，变得各种的好。

慢慢地眼睛好了，虽然到现在依然有个浅浅的疤，调皮地躲在眉毛里，但我的小眼睛依然还是亮晶晶的。

慢慢地，长大离家，老榆树愈加地老起来。而我，也愈加地想念它。

想起鲁迅先生说的，墙外有两株树，一株是枣树，还有一株也是枣树。

我也想说，我家院里有两棵榆树，一棵是榆树，还有一棵也是榆树。但于我，他们不是承载，也不是绿色的英雄，而是我记忆的暖房，任时光缓缓流淌，总是妥帖，绵软，入心，入肺。

奶奶的仙人掌

奶奶是个小脚女人，走路却是一阵风。她的旁边，常年放着一个笸箩，里面放着一把剪刀，一本很旧很厚的书，书里夹的一张张各样的剪纸样张，都是白纸剪成的。而真正的成品，则是一沓沓红的黄的彩纸剪出来。当然，笸箩里也有一些碎碎的纸屑，五颜六色地散落在笸箩里，说不出地美。

小小的我，常常蹲在旁边，托着下巴，看奶奶拿着剪刀，纸，转啊转，然后，就转出了一个好看的双喜字，或者是一朵怒放的花，或者一只雄赳赳气昂昂的公鸡……

那时候，凡是喜事，都是要贴窗花的。

奶奶的剪纸是有一定名气的，谁家娶媳妇，盖房子，总要请上奶奶的。奶奶便端着她的笸箩，颠着小脚，风一样地去了。

也许因为这，奶奶更是喜欢花了。可是，却没有什么花可养。一大家子的人，总是要吃饭的，贫瘠的土地，产不出那么多的粮食，苗们，任是怎么打理也不精神。哪里还有空闲养花？奶奶总是抿抿她花白而整齐的头发说：早晚会有花的吧，咱总不能老过这样的日子呀？

一日，奶奶去村东要娶媳妇的人家剪窗花，恰巧，那家小孩子不知为什么手上起了一个小泡泡，孩子痒得难受，直哭。那家奶奶不知弄来一些什么绿色的汁，涂在孩子手上，不大工夫，孩子就安静了下来。奶奶觉得挺好，便问是啥。

仙人掌啊，那家奶奶说：仙人掌，带刺的，挺好养活的，可放在屋里扎人，就放到院子里了。喏，在那儿呢！

奶奶顺着她手指的方向看去，果然，院子里一个小小的菜畦，零零星星地长着一些小葱。菜畦的一个小角落，长着一株绿绿的，厚厚的叶状植物。

奶奶说：就它啊，这么厉害？

奶奶看着那株植物不是很高，四五个叶子，横向着长大，每个叶子上面都布满了小小的刺。奶奶用手摸摸，还真的扎人。

后来，上学才知道，那刺，其实是仙人掌的叶子，而那肥厚的绿片，是它的茎。

奶奶听说它有这功用，而且还极易活，只要掐一瓣，插在土里，便长了，无须多管。她生了心，要上一瓣。

那奶奶自然掐了来送她。因为奶奶平日里去给人家剪窗花，总是乐呵呵爽利利地去了，从不要人家东西，亦不吃人家饭。所以，人缘极好。奶奶百年后，全村的老少，几乎都抹着眼泪来给奶奶送行。

奶奶得到它，宝贝一样地种到了瓦罐里，提醒我们：好生看管着，它能治病，还能开花。

这仙人掌也真的争气，一个多月后，就抽出了新的绿片，嫩嫩的，翠翠的，像害羞的农家小姑娘，悄悄探出的头，新奇地看着这个温暖的土屋。

奶奶看了，喜上眉梢：看，长了，真的长！咱也要有花看了！

农忙回来，奶奶便端出她的笸箩，对着仙人掌剪啊剪。她想剪出她的仙人掌。可是，那上面的小刺，太调皮了，没法让奶奶剪出她的风采，奶奶一遍遍地试着，不急，也不恼。笑眯眯地说：总会等到你开花的时候吧，到时看看你长得啥样，我再来剪。

春天，到底还是个多情的家伙。一夜之间，万物都呼呼绿了起来，人的心情也分外好了起来。

可是，邻家小妹却哭了，哭得惊天动地，慌了那一家人。她的腮红肿了起来。

奶奶急急地跑到她的屋子里，剪下一片仙人掌，用蒜罐子砸成糊糊，涂在小妹脸上。

不几日，小妹果然没有那么疼了。原来，她患了春季流行性腮腺炎。而仙人掌恰恰有消肿止痛的功效。

奶奶笑了，坦然，开心，如释重负。

奶奶看仙人掌，悠悠地说：你哟，什么时候开花？

农活做得多了，奶奶的手便裂，常常无法再握剪刀，但她不怕，用白布缠了，接着剪。

可奶奶到底还是没有等到仙人掌开花。

长年的劳作，奔波，加上对自己的不在乎，奶奶病了，很严重的病。躺在床上，动不了。

妈妈伺候她，一心一意。

寒冬，她老人家想吃枣。

贫乏的年代，能在冬天找到枣，简直是天方夜谭。但妈妈抱着奶奶的头，坚定地说：娘，您等着，我给您找去！

妈妈问了很多人家， 去了附近几个集市，终于找到一小把红红的枣。

奶奶只吃了一个，便再也吃不下了。

妈妈一直抹泪。

奶奶攥着妈妈的手，说不出话，只看着她。

妈妈说：娘，您放心，我会照顾好她小叔的，还有，那仙人掌，我也会照顾好的。

彼时，十九岁的小叔还没有成家，奶奶自然不放心。等到妈妈说完这些，奶奶浑浊的眼睛忽然一亮，松开了妈妈的手。

奶奶走了……

妈妈忙里忙外，不忘仙人掌。它不怕旱，十天半月的不浇水，依然绿绿的。只是，每每冬季天寒地冻，妈妈却不会忘记把它搬到堂屋的水缸旁。

妈妈，它会开花吗？看着妈妈搬它进来，我问。

会，你奶奶说了，早晚会开。此时的仙人掌，已经有了很多的绿片，四处伸展着。小小的堂屋，没有那么宽敞，妈妈怕它的刺伤到人，便找一段红色的绳子，轻轻拢了它。

日子淡淡地过着，劳碌的妈妈，也在间隙里去看看仙人掌。

它，成了一种图腾。

忽然一天清晨，我去水缸前舀水，低头的刹那，惊叫着：妈，长花骨朵了！

嫩黄嫩黄的花骨朵，细长细长的，在厚厚的绿色的叶片中，像调皮的娃娃，使劲地往外钻着，她是着急要看我们准备盖新房的图纸吗？要看我们满院子的粮食吗？要看我们一天天好起来的生活吗？要看这个新奇的世界吗……

一家人自然是欣喜。周围的邻居们听说了，也是欣喜的。毕竟，仙人掌开花还是不多见的。

也许，是我们给了仙人掌力量，不几日，她就喜洋洋地开了。

大大的花瓣，黄黄的蕊，灿烂地笑着。

看着，看着，我忽然大哭，我想奶奶了，如果她还在，一定会用剪刀，留下仙人掌美丽的影……

直到现在，那盆仙人掌还在，很繁茂，无论什么时候回家，我都要去看看它。它成了我们生活中不可缺的一部分。

好一朵美丽的茉莉花

她喜欢茉莉，可是她叫兰。

她端着一盆小小的绿苗给我的时候，我还怀疑，这么个小东西，真能像她说的那样，过年的时候就能让屋子里充满了香气？

她笑着，眼睛眯成一条弯弯的线。她有点胖，皮肤很白，短短的黑发总是一甩一甩的。当我表示怀疑的时候，她还是习惯地甩了甩她的短发，把花盆放在了我的窗台上。

将近中午的阳光，很暖。透过玻璃，散落在窗台上，土炕上，当然，还有这盆绿苗上。

留下兰吃午饭，她摆摆手，走了，老娘还自己在家呢，不放心。

她在邻村，骑着自行车，怎么也要半个小时吧，但我们还是没能劝住她，她执意回家陪妈妈。

初中毕业后，我继续读书，她选择了退学在乡里打工。

她的爸爸去世早，姐姐也已出嫁，留下她和妈妈。姐姐也有一家子人，她觉得不能凡事都依靠姐姐，于是，她选择了陪妈妈。

十七岁的她做起事真是麻利，在工厂里得到老板的赏识。她爱说爱笑的性格，又赢得了工友们的欢喜，日子过得充实而快乐。

每天回家，帮妈妈做饭，和妈妈聊工厂里有趣的事情，小小的土房里，到处流动着温暖。姐姐总是隔三差五的来，时间久了，也放了心。

兰喜欢的茉莉，是从老师那里得到的。

那时候，虽然是乡村小学，但上课的内容还是丰富多彩的，每周都有一节音乐课。一到这时候，同学们就争着去老师办公室搬脚踏琴。老师来的时候，同学们就异常安静，等着老师弹出美妙的音符。老师会先教我们一些音符，然后，教唱歌曲。

好一朵美丽的茉莉花，芬芳美丽满枝丫，又香又白人人夸……

好美的歌曲，真有这样美的花？

老师笑着看我们说：我宿舍里就有一盆茉莉花，同学可以去看！它真的很好看，很香。

兰喜欢老师，这个戴着眼镜清秀的女子。更何况，她还唱这么好听的歌，养这么好的花。她鼓足勇气去老师宿舍看花……

小花在老师宿舍的窗台上静默着，绿绿的肉感的叶子，白白的小花，好可爱啊。

她说：老师，我想要……

好啊，你能照顾好它吗？

能。兰坚定地说，她想成为老师那样芬芳的女子。

来年春天，老师真的给兰分了枝，兰喜滋滋地抱回了家。

自此，兰的屋子里，就多了许多的清香。

转眼，兰到了谈婚论嫁的年龄。这样一个爱着茉莉的女孩，谁不喜欢呢？

兰总是笑着，拒绝了很多来提亲的人，也拒绝了很多直接来找她的男孩。没人知道，她到底想找一个怎样的人。

兰上班的第五年，我读大一，寒假回家的时候，她抱来了那盆茉莉。

那天，下雪，兰休班，来我家聊天。她说妈妈着急她的亲事了，可是，她不能马马虎虎，她想找一个踏实本分，爱她，爱妈妈的男子。

这还不好办吗？我说，只要你讲就好了。

兰低头笑了：哪里像你说的那么好，哪里容易遇到呢？像咱农村的男孩，觉得不该呢，我一讲到要养着妈妈，他们都沉默了……

我听了，亦是无语，多少年了，农村的传统都是男孩子赡养父母的。一旦女孩子来做，似乎另类了……

我不知该怎样安慰兰，她反而笑了：不急，早晚会有的！

早晚有的，是兰给我的茉莉，春节前几天，真的吐出了花骨朵，小小的，像个小豆粒。

我欣喜地告诉兰，有了，有了，真的有了！茉莉花……

她笑，当然会有！

再不几日，茉莉开了，小小的，娇羞的姑娘，散发着淡淡的香，溢满了那个春节。

等我暑假回家的时候，兰也真的有了喜欢的男孩。她带我去看，中等个子，黑红的脸膛儿，大大的眼睛，总是憨憨地笑着。

他在邻村的工厂打工，经人介绍两人相识。兰很坦诚地和他讲，自己仅仅是初中毕业，家庭条件一般，要养自己的老娘……

他红了脸，低着头说：谁不养自己的爹娘啊？都得养哩！

就因为这一句话，兰有了相处下去的信心。

相处的日子，平淡而温暖。他不善言辞，却会在阴天的时候，给她送去棉衣。也会哪天的集市上，买一些新鲜的水果，送到家里……

兰喜欢这种踏实，稳妥。兰说，日子，就得这样过。

我看着兰，替兰欢喜。

我离家返校的前几天，兰来看我。这次，她住了下来，我俩聊了很久，她羡慕我念大学的好日子，但我相信，她也能过得精彩。

说着的时候，她翘翘嘴角，问我：你信吗？

我信！我当然信！这个始终努力爱茉莉的女孩。

又过了一个学期。寒假回家，安顿好一切，竟多日不见兰，这可是少见的事，兰知道我会放假回家，总是会带了自己种的花生、红薯之类的来看我，美其名曰，接风洗尘。

不见兰来，我就问妈妈，想去看看。

妈妈见我总是问，吞吞吐吐地说，兰没了。

什么？我一惊，不相信，问：什么没了？什么没了呀？兰怎么了……

其实，心里已经懂得妈妈的意思了，可是，不相信，就是不相信。

兰，喝药水死了！

泪刷地流了下来，我软软地摊在土炕上，为什么？

我要去看看！抹一把眼泪，不顾妈妈说什么，推出自行车，直奔兰家。

七八里的路，不知自己怎么走过的。

推开兰家的小院，一点儿声音也没有。我看看四周，所有的东西都整齐地放着，不知道是因为没有了兰，还是因为冬日的寒冷，它们似乎都透着苍凉。

我转头，看见屋里的窗台上，放着两三盆茉莉，是兰种的。

推门进屋，只有兰的姐姐在，兰妈妈被兰的舅舅接去小住了，只怕兰妈妈伤心过度，坚持不住。

姐姐……我叫一声，泪就流了下来。

她拉我进屋，嗔怪我这么冷就来了。我不敢张口就问兰的事，可她心里明白。

兰的姐姐坐下，给我看兰留下的残缺的信，然后我知道了让人心疼的兰……

那天早上，有人看见兰骑了自行车向村北的地里去，她和遇到的每个人都热情地招呼着，如往常般。可是，那不是她上班的方向，她的笑，掩盖了她的异常，也掩盖了人们的疑心。

午后很久，不见她回家。兰妈妈着了慌，四处找。然后，在兰的父亲的坟前，看到了喝毒药的兰……

没有人知道为什么。只有惋惜，心疼。遇到她的人，直后悔，为什么不叫她一声……

整理兰的遗物，发现了一些残损的日记。

原来，在兰打工的厂子，有一个男孩一直喜欢她，可是，他的家庭却不能接受她的妈妈。于是，兰也一直拒绝着这个男孩。

可那天，男孩听说兰定亲了，在回家的路上拦住了她……

兰的日记里说，她一直要自己做一个茉莉一样的女子，不想肮脏地活着……

她还说，想我，让我好好养她的茉莉，有时间的话，去看看她的妈妈。

气她的冲动，痛她的遭遇。看着窗台上的茉莉，我泪眼模糊，她竟以这样的方式，开成了一朵茉莉花……

眼前无奈蜀葵何

校园的蜀葵花开了。

紧紧密密，层层叠叠，沸沸腾腾。

蜀葵，在我们当地俗称大麦熟。它们一点也不娇气，只要能见了阳光，便落地生根，拼了力气地长。它们高矮不一，有的仅几十厘米，有的却近两米高，但无论怎样，它们都棵棵直立。单是那叶子，就舒展着，绿得惊天动地，绿得几乎没有了色彩。

那花苞，一旦开放，就绚烂到底。这里，刚有朵粉色，那里，立刻开出个紫色。要多艳，有多艳，要多坦荡，就有多坦荡。

周末，我们会去“偷花”。偷了花，放到罐子里使劲地砸，这时，会有一种清香，慢慢地飘溢过来。直到砸出花浆，才住手。花汁是用来染指甲的，淡淡的，就是觉得美。黏稠的，自有妙处，夏天蚊虫叮咬，涂上，准好。

蜀葵不会与我们这些摘花的丫头们计较，折断了几只，不几日便又是繁繁茂茂，婆婆娑娑。可是，有一个人，却会和我们这些“偷花小贼”计较，。

那个人，我们称之为宋老师。

宋老师，名清芍，是学校的音乐老师。一头长发，梳得光滑整洁，平日里，总是一件得体的对襟小袄。她说话的声音极其好听，京腔京调的。

她负责我们全校十二个班的音乐课，每每课前，她就准时来到教室门口，等着下课，然后叫几个男生，去她的宿舍搬来一架脚踏琴。

这样的美差，是每个人都想去的。脚踏琴，有木质的板护佑着。掀开琴盖，即使不踩下踏板，只按琴键，也一样有奇妙的声音迸发出来。搬琴，便有了这样一个好机会。路上，悄悄按一按，滑滑的黑白键，周身愉悦。

虽然发出的声音，是单调的哆，或者走音的咪，依然是一件太幸福的事情。

上课了，宋老师会给我们弹上一曲，叮叮咚咚地，伴着她的唱。我们听着，安静得几乎听得见小心脏怦怦跳，安静得窗台下的蜀葵，也悄悄垂了眉。

宋老师的宿舍窗台下，也有一丛丛的蜀葵，是全校最好看的蜀葵。长得茂盛，花色，花形，都分外的多。

“偷花”的时候，实在忍不住，就弓着腰，跑到窗台下，摘上一朵，赶紧逃。她每次都极为生气：又是你们！要是真喜欢，我给你们留着花籽，回家种去……

我们嘻嘻哈哈打闹着赶紧溜走，再去的时候，她的窗台上，居然真的摆满了花籽。那些花籽，黑黑的，一片一片的，中间鼓鼓的，像饱满的心。而种类，只有她自己能分辨出来：这是粉色的，这是白色的，这是单片的，这是多片的……

她拿纸给我们包了：回家撒到窗台下，开春就长了，然后就开花了，很好养。

很久之后，我们才知道，这些花籽是她围着全校的蜀葵，一点点拣出来的。所以，平日里，谁要是破坏蜀葵，定是不会被她放过的。而她的周末，也常常是在看书、弹琴、浇蜀葵中度过的。

我们常常纳闷，宋老师怎么不回家啊？周日的校园空荡荡的，只有她一个人，不害怕吗？

长大一点点，听大人们讲，宋老师是下乡知识青年，有文化，有见地。阴差阳错，嫁给了村里的男子，便在村里扎下了根。宋老师干不来农活，正好村里缺少教师，她便去了。

她这一去，便长住在了学校，与丈夫分居两地。

他也不是不好，但终究不是一个层次的人，难。大人们的话，我们似懂非懂。

学校里，本没有花的，宋老师来，便砌了砖池，一片片地种了蜀葵。她说，蜀葵，骨子里坚强，什么样都努力开出花。

她爱花，也爱孩子。班里的小黑，不知道染了什么病，长了满头的红色小疙瘩，总也不好。慢慢的，小包居然起了脓，发出阵阵臭味，大家渐渐都不肯亲近他，生怕染了这怪病。

一天，宋老师来到教室，轻轻唤他，来，到老师这里来。

她领他来到宿舍，给他洗了头，拿出一小瓶黏稠的液体，一下一下，涂到他的小包上。此后每日，宋老师都会给小黑抹药……

渐渐地，那一头脓包竟然好了。

毕业离校的学生一波又一波，宋老师常说，来，带点蜀葵吧，好东西……

宋老师那黏稠的液体，便是用蜀葵的根，去了皮，捣烂，调成膏状，给小黑医好了怪病。

蜀葵，竟是可以入药的。

黄昏，有一个男子常常来看看宋老师，坐在窗台蜀葵旁，不语。宋老师亦在一旁坐着。

风清，树静。

同学们都相互议论着，后来有好事的家长说那便是宋老师在乡下的丈夫。

男子每次来都待不长，每次来都带着大包小包，刚挖的花生，才摘的黄瓜……

你说他们会和好吗？我懵懵懂懂地问同桌。

会的吧，他对她那么好。她也懵懵懂懂地回答我。

偶尔，在镇上读中学的儿子来，宋老师喜笑颜开着，做了饭，采了花，收音机里放着广播，和儿子慢慢吃。

我毕业的那一年，男子搬进了宋老师的宿舍，为此，我和同桌还一起庆祝了一番。在我们眼里，这就是最快乐的结局。

宋老师小屋窗户下，一片蜀葵，依然烂漫。喜欢弹琴的她，时常开了窗户，踩着风琴的踏板，奏着一些舒缓的曲子，和着蜀葵，缓缓地开。或者，搬了小马扎，坐在花旁，拿一本书，戴了眼镜，慢慢看着。间或，摘一点蜀葵，慢慢砸了，调成汁液，送与需要的人。要么，和来的人，低语着。

宋朝韩琦有诗：炎天花尽歇，锦绣独成林。虽然它也花谢，终究，是尽了力的美。一如人生遇坎，没关系的，摘了花，折了枝，依旧是，眼前无奈蜀葵何？浅紫深红数百窠。这样的艳丽与独自，一任蜀葵尽群芳。